Meurtre aux Arts déco

Du même auteur, au Verger Éditeur :
Louis-Philippe Kamm, carnet de croquis, 2011
René Hetzel, carnet de croquis, 2012
Paul Linder – Quand les formes deviennent attitudes, 2013
Daniel Selig, 2014

Chez d'autres éditeurs :

Collaboration à des ouvrages collectifs
Hauts les arbres, collection bouche-à-oreille, Voix d'encre 2005
Au cœur des Arts, Académie rhénane, 2014
Insurrection poétique, Académie rhénane, 2015

Autoédition
Orpheo, l'aabam transmuté, 1998
Le feu des Dryades, 1999

Emmanuel Honegger

Meurtre aux Arts déco

roman

Collection

Les enquêtes rhénanes

Chapitre 1

Vendredi 24 mai 1974. Aux infos de dix heures sur France-Inter, Jérôme de Karibancille fait, avec une pointe d'émotion, la une de son journal : « nous apprenons à l'instant la disparition tragique de Duke Ellington. Une méchante pneumonie a réussi à emporter ce géant que la musique croyait immortel. Quel que soient notre âge ou notre histoire, sa mort nous affecte tous profondément. Il restera le musicien qui repoussa les barrières raciales, jouant autant pour les noirs que pour les blancs. Elle en parlera mieux que nous et nous avons pu la joindre, Ella Fitzgerald, la grande dame du jazz qui aimait accompagner le Duke de sa voix merveilleuse, nous livre en direct son désarroi ». « It's a very sad day. A genius has passed ! » *C'est un jour très triste. Un génie a disparu.*

Au même moment à Strasbourg, Claude, le concierge de l'école des Arts décoratifs, prépare l'ouverture du bar pour la pause de l'inter-cours. Sombre et taciturne, la blouse boutonnée mardi avec mercredi, il marmonne dans trois poils de barbe, survivants improbables d'un rasage approximatif. Taciturne et secret, les yeux montés sur roulement à billes, fuyant de droite à gauche sans jamais parvenir à se fixer, il n'apprécie guère la frivolité des étudiants. Il les envie et jalouse l'aisance qu'il aurait aimé avoir à leur âge. Sa vie entière s'est construite sur la frustration. La richesse et l'art se sont refusés à lui, graveur raté, s'essayant au maniement du burin sur des ex-libris pompiers et sans aucun style. Éternel malchanceux, ce matin lui en veut particulièrement, son réveil a rendu l'âme, en fait il l'a écrasé en tombant du lit. Son rasoir était de mauvais poil, l'eau chaude était froide, son miroir lui tirait la gueule, à moins que ça ne soit l'inverse, avant de se la fendre, éclatant de bris sur le carrelage de la salle de bain. Superstitieux comme un jockey, il avait, pour conjurer le mauvais œil, rassemblé les morceaux dans un torchon et les avait jetés à la rivière. Dans un tel contexte, Duke Ellington cassant sa pipe était presque un juste retour des choses, il se sentait presque rassuré de voir que la vie ne s'acharnait pas exclusivement sur lui. De toute manière Claude n'est pas jazzy. King plutôt que Duke, il est un rocker, c'est un fan d'Elvis Presley. Tournant le dos aux infos et à la radio, il dispose les cendriers sur les tables, emplit une panière de viennoiseries, sort de la bière et du jus d'orange et, tandis que la cafetière extrait les dernières gouttes d'un jus sombre et amer, il ferme, d'un coup de pied vengeur, la porte du frigidaire en lui assénant un « et ne te plains pas ou je te fais une tête de jukebox »!

À peine le clocher de Saint-Guillaume entonne-t-il son dixième coup que les élèves de graphisme publicitaire déboulent et Borgo, cheveux et regard frisés, jamais en retard d'une blague, repère tout de suite que Claude n'est pas dans son assiette. « Salut Clo-clo, c'est ma tournée, ce matin t'as la tête d'un mec qu'a mis les doigts dans la prise ». Il distille les restes d'une embuscade nocturne, se frotte les yeux et se tape du plat de la main sur la tête alors que ses copains, beaucoup plus calmes, s'asseyent autour de la table. Deutsch-Marc, de père allemand et de mère française, ceci expliquant cela, déplie précautionneusement son mètre quatre-vingt-dix de séduction après une nuit agitée tandis que Jojo s'affale avec un pincement de douleur et envisage d'apaiser les brûlures de son ulcère en mangeant un yaourt. Laurent, le seul à avoir les yeux en face des trous, prend un cutter et se met à graver un cheval cabré sur la table. Gus, surnommé ainsi pour sa fantaisie et son humour, grand amateur de jazz de surcroît, l'un n'empêche pas l'autre, avance d'un pas léger et sautillant. Roxane, aussi belle que fine mouche, est un peu leur égérie. Dépassant les trois quarts des mecs d'une demi-tête, elle en fait des moutons. Y a-t-il un lien avec les cheveux frisés de Borgo pour qu'elle se soit laissée séduire par ce tombeur invétéré ? Leur relation n'aura pas eu la longueur extraordinaire de ses jambes mais elle n'est pas non plus dans une impasse. Ils sont *sexfriends* et ça leur convient très bien.

La bande des six s'installe toujours à la même table, près du radiateur, et Borgo fait le service comme d'hab, cinq bières, cinq croissants fourrés, un café sans sucre et exceptionnellement une aspirine qu'il avale tout rond avec une gorgée de bière, une bascule de l'estomac en mode journée. On a beau avoir sa fierté, certains matins sont plus difficiles que d'autres... Deutsch-Marc allume une Gauloise sans filtre, la énième depuis son réveil et, de deux doigts manucurés, récupère délicatement une brindille de tabac sur le bout de sa langue, puis dans une longue exhalaison de fumée bleue déclare :

— Le Duke, les gars, c'était effectivement un grand musicos, le plus grand des plus grands ! Je ne vous dirai pas combien de bouteilles de Whisky j'ai sifflées en l'écoutant, et dans les bras de qui, mais je propose qu'on fasse une méga, méga, méga teuf en sa mémoire.

— Tu veux dire une soirée en boîte avec l'école, les profs, les élèves et tout le toutim ?

— Plutôt entre nous Gus, mais la fête absolue, genre paradis du bizutage.

À ce moment le jardinier et l'homme à tout faire entrent en marche arrière et au pas cadencé comme deux Béjart de bar. L'un, plus de deux mètres de haut, chante *Minuit chrétien* avec une voix de fausset, l'autre qui pourrait être son ombre à midi fait à peine un mètre soixante et une voix de basse profonde. On se croirait au cinéma dans un Charlot. C'est tellement inattendu et tellement drôle que tout le monde éclate de rire. Les conversations s'interrompent, les yeux s'arrondissent d'amusement. Quelques gorgées de café et de houblon plus tard, Jojo enchaîne, s'adressant à Roxane :

— Génial, il nous faut du grandiose, dommage qu'on ne soit pas à Paris, on squatterait les catacombes pour saigner une vierge et lui sucer le sang ; ensuite on la déflorerait artistiquement devant tout le Gotha du spectacle, Amanda Lear et Salvador Dali, Françoise Hardy et Jacques Dutronc, Fanny Ardant et toutes les plus belles femmes du monde.

Roxane, qui est au moins aussi belle qu'Amanda Lear, fait semblant d'être vexée et change de sujet.

— Dites, vous ne trouvez pas que Claude a vraiment une drôle de tête ce matin ? Je me trompe ou il s'est encore engueulé avec sa femme ?

Tous jettent un œil en direction du bar, difficile de se prononcer.

Arrivent, affamés, deux élèves de l'atelier de sculpture : Christophe avec des carottes dans les cheveux, l'intello et certainement le meilleur artiste de la promo et Maric, toujours distingué, parlant un français à mots choisis entre langue châtiée et métalangue artistique, un grand sourire aux lèvres et un petit sandwich en main. Lui, si un jour il arrête de manger, il faudra sérieusement s'inquiéter. Depuis le couloir ils ont saisi des bribes de la conversation. Ces hommes, des forces de la nature, sont excessifs au travail, excessifs en amour, excessifs en bringues. Les tailleurs de pierre aiment faire la fête. Maric apostrophe le club des six :

— On est partants mais ça ne va pas être possible d'en discuter maintenant, il ne nous reste qu'à peine cinq minutes avant la sonnerie. Si on se retrouvait ce soir au bar de l'hôtel Savoie ? Le vendredi, Borgo y est veilleur de nuit, ça serait sympa, on lui tiendrait compagnie et ça le changerait de sa clientèle de queutards de bas étage.

À ce moment s'élève la voix d'Ella Fitzgerald accompagnant Duke Ellington dans *Prélude to a kiss*. Gus augmente le son de la radio et le bar s'alanguit doucement dans une ambiance jazz-blues entre mystère et recueillement.

La chanson s'achève doucement,

« *Et c'est un long, un long chemin qui mène au paradis*
Mais j'y serai
Peux-tu envoyer un ange ?
Peux-tu m'envoyer un ange ?
Guide-moi ».

Les sonorités telluriques puis aériennes de la grande dame les accompagnent dans leurs rêveries, « guide-moi » sonne comme un appel à l'illumination. L'idée de la fête est en train de mûrir dans les esprits, ils vont vivre avec elle toute la journée et ce soir ils tiendront leur concept, c'est sûr. Il y aura de la musique, c'est certain, de l'entrain et de l'arrière-train, c'est obligé, mais cette fête-là sera plus que magique, et c'est ce « plus » qu'ils vont inventer, vouant les chahuts de carabins à la ringardise.

Deutsch-Marc écrase son mégot, glisse délicatement son briquet dans la petite poche de sa chemise, boit une dernière gorgée de bière et donne le signal du retour en classe. Borgo, les yeux dans les nuages est en plein délire, son mal de crâne a disparu et il rêve déjà d'une gigantesque partouze. Tout à l'heure il faudra qu'il se débrouille pour attirer Roxane au quatrième étage et lui montrer ce qu'est la force de l'inspiration. En attendant, il faut travailler sur l'affiche du bal des vampires, le sujet d'étude de cette semaine.

Chapitre 2

Vendredi, dix-neuf heures, Agathe, l'épouse de Claude, entame son service à la *Tête noire*, la grande brasserie du quai des Pêcheurs à côté du croque-mort et en face du jet d'eau. Il culmine à vingt mètres tout au plus et sert de rond-point aux bateaux-mouches qui ne ratent pas l'occasion d'y brumiser les touristes en été. Collant strié et jupe ultra courte, un plateau en équilibre sur trois doigts, Agathe fait son show. La clientèle vient pour elle, ça saute aux yeux. Disons-le, c'est une bombe, des seins en obus qui l'empêchent quasiment de voir ses genoux, un décolleté fantasmagorique dans lequel certains privilégiés ont le droit en fin de soirée de glisser un billet. En remerciement, elle se penche alors pour leur rendre la monnaie qu'ils abandonnent aussitôt sur la table. Ça leur ouvre une perspective si profonde que certains prétendent y retrouver la foi dans l'apparition furtive du buisson ardent. Tout cela échauffe les esprits. Qui dit chaleur dit soif, et à ce rythme, la bière ne s'évente pas. Rousse en diable, le regard bleu perçant souligné d'un maquillage tape-à-l'œil, elle joue sur les contrastes, le bleu et l'orange ou le vert et le rouge. Sa teinture de cheveux est une recette complexe et secrète qu'elle détient, dit-elle, de mère en fille depuis la haute antiquité, une mixture d'ocre de Havane, de henné et de jaune de Cambodge dont la composition semble aussi fantaisiste que flamboyante. Peu importe, on lui pardonne volontiers, c'est une vraie comédienne, autant le dire, une seconde nature chez elle. D'ailleurs écoutez-la passer commande au bar, elle y met plus de lyrisme qu'un permanent de la Comédie française. Ajoutez à cela son sourire canaille et sa voix grave et traînante. « Il n'y a que gouaille qui m'aille » se plaît-elle à répéter avant que cet aphorisme ne lui soit honteusement piqué, déformé et plagié par une marque de moutarde. Comme quoi, les bons publicitaires fréquentent la Tête noire...

Un immense poêle en faïence trône au milieu de la brasserie, ses nombreux tuyaux en dérivations multiples se répartissent les fumées pour chauffer la pièce tandis qu'Agathe et madame Ritsch chauffent l'ambiance. Aussi poète qu'un peintre du dimanche, elle aime déclamer « je suis madame Ritsch et j'habite quai des pauvres Pêcheurs ». Ne vous y trompez pas, elle a sale caractère et, le matin, ne vous avisez pas de lire son journal avant elle ! Vous vous exposeriez à ses foudres et vous n'aimeriez pas ça. Si jamais un client pétait les plombs et qu'il fallait sortir les grands moyens, madame Ritsch a une botte secrète : son mari abandonne aussitôt ses fourneaux et le simple fait d'apparaître remet immédiatement les choses dans l'ordre. Un bon quintal et demi pour deux mètres plantés dans du quarante-six fillette et des paumes capables de pétrir du quatre-vingt-quinze D, de quoi dissuader les plus récalcitrants. Porte d'entrée ouest de la Krutenau, la Tête noire est une institution, le plat du jour y fait le plein quotidiennement avec la clientèle d'un quartier populaire longtemps honni mais que la ville redécouvre peu à peu.

Eugène, l'habitué du fond, en permanence fourré près du poêle, observe le théâtre des deux femmes. Il a trop bu et, comme d'habitude, les lobes de son cerveau s'emmêlent les pinceaux, font des nœuds et accouchent d'une *schnaps idee*[1]. Déchirant maladroitement un morceau de nappe, il y griffonne un message, s'y reprend à deux fois d'une écriture mal assurée. Pourquoi et dans quel but ? Par bravade, pour se rendre intéressant ? Sans doute les deux entre quelques vapeurs d'alcool. Quand il est enfin prêt, il fait signe à Agathe d'approcher, lui donne un billet de vingt francs et, de ses gros doigts, lui fourre le mot entre les seins, elle le retire vivement et le remet sèchement en place. Un peu honteux, il abandonne deux francs sur la table, manque de s'étaler en se prenant les pieds dans sa chaise et disparaît, marmonnant et gesticulant en pleine discussion avec lui-même.

Agathe, tout en débarrassant, le suit du regard. Il ne manquerait plus qu'il s'étale et s'ouvre le crâne en ratant les deux marches de l'entrée. Curieuse et intriguée, elle déplie tout de même le message, y jette un coup d'œil, marmonne un juron, le chiffonne, le jette vivement dans

[1] En alsacien : idée subite, littéralement « idée d'eau de vie »

la poubelle derrière le comptoir et retourne s'occuper d'un nouvel arrivant, apparemment pas inconnu.

— Bonjour Gaël, ça me fait plaisir de vous voir, dit-elle en lui claquant deux bises. Est-ce qu'on profitera de votre présence un peu plus longtemps que le mois dernier ? Je vous sers un Cynar ?

— Sans citron comme d'habitude. Quand vous aurez un moment tout à l'heure je vous montrerai quelque chose, j'ai une surprise pour vous, en attendant je mangerais volontiers quelque chose.

Gaël s'empare des *DNA*, parcourt le cahier des sports et se plonge dans les mots croisés. Il est représentant en peinture à l'huile, pastels et articles de beaux-arts, ce qui l'amène à passer régulièrement dans le secteur. Son produit préféré : les pinceaux et brosses en martre Kolinsky, très beaux et très chers. Gaël, qui aime faire son petit théâtre, raconte à ses clients que si cette martre a un si beau poil c'est parce qu'elle vit en Sibérie sur les rives du fleuve Amour. Il a toujours une histoire en réserve ce qui en fait le meilleur vendeur de son groupe et probablement le meilleur salaire de sa boîte. Certains prétendent même qu'il gagne mieux sa vie que le patron.

Ce soir il caresse le projet d'enlever Agathe pour le week-end et de l'emmener dans une petite auberge perdue à l'orée des bois en Alsace bossue, tellement isolée qu'elle produit son électricité grâce à une roue à aubes alimentée par la cascade voisine. Il mange sa salade de cervelas gruyère, laisse les oignons sur le côté de l'assiette pour se préserver une haleine fraîche et s'offre un petit verre de Klevener, un cépage peu connu. Gaël a le goût du rare et de l'authentique, à table comme en amour.

Pour le dessert Agathe lui offre une part de tarte à la rhubarbe juste assez sucrée pour conserver cette petite touche d'acidité qui fait tout son intérêt et un café, de quoi le maintenir éveillé pour un after qu'elle espère bien aussi torride que le mois dernier. Le service touche à sa fin, elle s'installe en face de lui avec un grand verre de sirop d'orgeat et lui dévoile du regard tout ce qu'un homme aimerait y lire et même davantage.

— Dites-moi Gaël, quel est cette surprise qui m'a fait frémir d'impatience toute la soirée ?

— Regardez chère Agathe, voici une photo d'un endroit charmant où j'aimerais vous emmener pour le week-end. Voyez cette cascade derrière l'auberge, elle se jette dans un étang entouré de rochers délicatement recouverts de mousse devant un massif de roses que le soleil, dès son lever, caresse de ses rayons ambrés. Vers neuf ou dix heures à peine, l'air y est doux et vous pourriez y mirer le vermeil de votre sourire au teint sans pareil. L'entrée est close d'une haie de sauge que l'on franchit grâce à un échalier en bois de bouleau. Je pourrais vous y conter des histoires de reinettes, royal gala ou autre pomme tout aussi savoureuse. Vous seriez Ève, je serais Adam et nous recréerions un monde merveilleux à partir de nos amours sauvages. Vous n'avez qu'un mot à dire : oui. Je vous emmène ce soir et vous garde auprès de moi jusqu'à dimanche.

— Mais...

— Il n'y a pas de mais. Regardez-moi bien en face, c'est simple comme un baiser : oui se forme à partir du O en rouvrant les mâchoires et rapprochant les lèvres par les deux coins.

— C'est juste.

— U se forme en resserrant un peu les dents, allongez les deux lèvres, approchez-les l'une de l'autre sans les rejoindre tout à fait.

— N'en dites pas d'avantage je crois savoir former le i, il suffit de sourire. J'accepte votre invitation, mon crétin de mari s'est encore perdu dans les bras de je ne sais quelle égérie, je viens de l'apprendre par un client éméché. Ça lui évitera la rouste que je lui aurais collée en rentrant.

— Je vois que je suis en face d'une personne de grande qualité, et délicate…

— Vous êtes un gentilhomme. D'amour, mourir vos beaux yeux me font. Je passe rapidement à la maison récupérer une trousse de toilette et une robe légère.

— À cette heure ? Vous risquez de tomber sur lui, ça compromettrait tout.

— Non, il ne devrait pas être rentré, et de toute façon qu'il n'essaie pas de se mettre en travers de mon chemin… Ce bon à rien finira par user ma patience. Laissez-moi terminer mon service et faire ma caisse. Partez le premier, je vous retrouve dans dix minutes, tout le monde n'a pas besoin de nous voir sortir ensemble. Où avez-vous garé votre carrosse mister Gaël le bel ?

— Devant l'église ma biche. Depuis ma place je vois presque la fenêtre de votre chambre et me réjouis déjà de guetter votre pas chaloupé depuis mon mirador.

Gaël est très fier de sa voiture, un break de chasse Jensen Healey. Certes, ce n'est pas une décapotable mais son pavillon en toile permet de prendre le soleil. Rouler en anglaise, la tête au vent, est un piège à filles, il en use, peut-être même en abuse-t-il.

Chapitre 3

Dix-neuf heures trente, Borgo se rend à pied pour entamer la seconde partie de sa journée. Le quai des Pêcheurs a changé depuis qu'il était gamin. Des péniches amarrées à l'année ont remplacé les petites barques de pêcheurs, la fleuriste en face du Diable bleu a disparu, mais ce qu'il regrette le plus est l'antre du rétameur, quai des Bateliers, sa porte ouverte sur une arrière-salle noire de suie au fond de laquelle le cuivre des gamelles rougeoyait au gré des reflets. Sur le seuil, trois enfants assis sur les marches jouaient aux petites voitures ou avec des billes en terre cuite qu'ils achetaient un centime à la boulangerie du coin. Quand venait l'heure du repas, leur mère frappait du poing sur le plus gros chaudron. Une sonorité chaude roulait alors jusqu'à la rue, s'évanouissant parmi les bruits de la circulation. Les gamins se précipitaient sur leur repas, du pain, du chocolat et un verre de lait. Borgo secoue la tête, la nostalgie n'est pas bonne pour le moral. Il a beau avoir de l'humour, des amis, une école, un travail d'appoint, il se sent souvent seul dans la vie et l'action l'aide à contenir un spleen sous-jacent. Il pousse la porte vitrée de l'hôtel, s'avance mécaniquement dans le long couloir étroit prolongé d'un escalier guère plus large, pour déboucher au premier étage sur la réception. Ce sera son monde jusqu'à demain matin : quelques tables de formica jaune à bords noirs et un comptoir ridiculement petit derrière lequel une anfractuosité dissimule à peine une couche sur laquelle il pourra espérer quatre à cinq heures de sommeil sans interruption… si c'est un bon jour. Ce n'est pas si mal, par contre c'est vraiment très inconfortable, une planche de bois recouverte d'une couverture molletonnée fait office de lit, heureusement qu'il n'est pas trop grand, ses pieds dépassent mais ça pourrait être pire. Son dos s'en souviendra quand même toute la journée suivante.

Le premier à le rejoindre est Maric accompagné de Jean-Marc, un bon pote designer d'environnement, c'est un fondu de mécanique et d'écologie, l'un n'empêche pas l'autre. Sans doute un brin idéaliste, il se fait appeler JM, qu'on prononce à l'américaine *dji-ème*.

— J'ai croisé JM en venant, et nous voilà un de plus.

Dans le quart d'heure suivant, les huit amis sont rassemblés autour de deux tables, les mêmes que ce matin, plus JM. Borgo sert les boissons et lève sa canette.

— À la santé du Duke ! Mais pas de folies, c'est mon boulot et j'y tiens.

— OK, de toute manière nous ne sommes pas là pour ça. On a du travail, c'est le moment de montrer ce qu'on a dans le ciboulot. Qui veut commencer ?

Gus s'y colle avec emphase :

— Un grand artiste que le Duke, il a fallu des siècles pour que la musique accouche de ce monstre ! Sacré musicos, on n'a pas fini d'en entendre parler !

Jojo se laisse entrainer par le lyrisme de Gus.

— Bach jouait pour Dieu, Mozart pour les hommes, Beethoven s'adressait à nos cœurs, quant au jazz, il sort de nos tripes. Le Duke est tout ça en même temps, un Dieu, un homme et un cœur, que dis-je c'est un cœur ?... c'est un orchestre, un chef d'orchestre ! Il lui faut un temple, un caveau et une salle de concert à la fois ! Je vous le disais ce matin, à Paris il y a les catacombes, mais ici il faudrait trouver un souterrain, les anciennes caves de la manufacture de tabac, la crypte d'une église abandonnée ou les galeries d'une mine de potasse, que sais-je ?

Deutsch-Marc prend la parole.

— Autant dire la quadrature du cercle. Je partage ton avis, une crypte ça aurait de la gueule, pensez à tout le mystère qui va avec, les ombres, les fantômes, l'écho dans les galeries, l'atmosphère confinée sans oublier le parcours d'accès, initiatique forcément, avec des échelles, de corde évidemment, des lampes, frontales bien entendu !

Jean-Marc, en homme sensé, calme le jeu et tente de faire le point pour éclaircir le sujet.

— Trouvons ce lieu totalement improbable, et si nous le trouvons, tout le reste coulera de source. Si j'ai bien compris, l'hommage au Duke doit se dérouler en secret, dans un lieu cultuel or l'école n'offre pas ces possibilités, il faut donc chercher ailleurs. Jojo parlait de la manufacture des tabacs, il doit bien y avoir un soupirail par lequel on pourrait s'introduire.

— Eh bien, dit Borgo, je crois avoir une petite idée. L'an dernier, un soir très tard avec mon frangin, en fait il serait plus juste de dire un matin très tôt, je terminais une nouba à potron minet au bistrot à côté du Diable bleu et je me rappelle avoir entendu quelque chose qui pourrait nous intéresser. C'était le seul rade déjà ouvert dans le quartier, pas une table, tout juste deux ou trois chaises et un long zinc auquel les poivrots s'accrochent en ribambelle avant de partir travailler, tous des habitués pas très loquaces à cette heure-là. On venait d'arriver quand s'est pointé un ouvrier de la piscine du boulevard de la Victoire. Le patron lui a préparé une verveine avec un verre de schnaps, il a bu la tisane, avalé le poiré cul sec, puis s'est tiré en disant « chui à la bourre, on a une inchpecchion de chécurité che matin, faut que je répare la cherrure du chouterrain ».

À l'époque je n'y avais pas prêté attention, ça m'est revenu aujourd'hui et j'ai rôdé cet après-midi près de la grande chaufferie. S'il y a un souterrain, il se pourrait fort bien que ce soit pour amener les tuyaux de chauffage à notre école, elle n'est qu'à cinquante mètres à vol d'oiseau. L'école est municipale, la piscine aussi, ça paraît logique, qu'est-ce que vous en pensez ?

Roxane s'empare vivement de la parole.

— J'adooore, il n'y a qu'à faire une virée à la bibliothèque de l'école, je suis presque sûre que les plans de la construction s'y trouvent. Je crois en avoir aperçu une boîte un jour où je préparais un devoir d'histoire de l'art. On devrait pouvoir confirmer son existence et surtout voir d'où il part. Un souterrain bardé de tuyaux d'eau chaude est forcément répertorié, sinon à quoi ça servirait de faire des plans ? Si seulement c'était vrai ! Qu'est-ce que tu en dis Borgo ?

— Super, tu es géniale, c'est ce qu'il faut faire ! On y va à l'aube demain matin. On passe à la bibal et si on le trouve, on fait tout de suite le repérage pour vérifier que ce n'est pas un cul-de-sac et qu'il y a moyen de sortir à l'autre bout. Vers dix heures, on se retrouve tous au Diable bleu pour le debriefing. Si ça se confirme, je ne vous dis pas la teuf qu'on va faire, j'en suis déjà tout excité !

— T'emballe pas mon Gorbo frisé, ce n'est pas encore vendu, faudrait pas être déçu si le tuyau était crevé.

— Corbeau frisé, corbeau frisé, reste polie ma jolie !

La perspective de cette découverte échauffe les esprits, et la bière, même bien fraîche, a du mal à ramener la température à un niveau acceptable. C'est à qui échafaude le projet le plus fou, ils se montent la tête, tout y passe : les costumes délirants, la zique, les meufs et pour finir en apothéose, une pyrotechnie totalement impossible à réaliser dans un espace clos, mais ça ne fait rien, le rêve est à ce prix. Vers minuit, ils se séparent sans aucune envie de dormir, chacun fantasmant aux noces orgiaques et aux costumes de folie qu'ils ont inventés.

Borgo se retrouve seul pour la fermeture, ce soir il va se coucher sans avoir le blues. Il vérifie le registre de l'hôtel comme tous les soirs et le compare avec les clés de chambres encore accrochées au tableau. Un seul client n'est pas rentré, c'est curieux d'ailleurs, il s'appelle Bakhof comme Claude, le concierge. Sans doute un homonyme, mais tout de même ça le chiffonne : Bakhof n'est pas un nom très courant. Il faudra vérifier. En attendant il dresse les tables du petit déjeuner puis s'allonge et tente de prendre un peu de repos espérant que le retardataire ne traîne pas trop. La nuit sera courte, à six heures trente il faudra servir le café. Ça ne tombe pas forcément sous le sens après une nuit en pointillés, endormi, réveillé, rendormi, re-réveillé en sursaut, re-rendormi jusqu'à la sonnerie du réveil-matin. Surtout ne pas oublier de le remonter !

Chapitre 4

L'inspecteur général Cédric Mann est un homme brillant et courtois. S'il évite autant que possible de porter l'uniforme, c'est parce qu'il n'aime pas les signes extérieurs de pouvoir. De toute manière, dans sa fonction, l'uniforme est réservé aux soirées officielles et heureusement il y en a peu. L'homme est authentique, il ne recherche pas l'appui des symboles. Ne parlons pas de son arme, il s'en sert si peu. Fin lettré, grand amateur d'opéra et bon vivant, ce qui l'oblige à acheter de grandes ceintures. Il semble débonnaire à qui ne le connaît pas, mais quand son regard se pince et qu'un œil étonnamment clair vous fixe entre deux traits de paupières en embuscade derrière des sourcils de pâtre corse, tandis que l'autre semble tapi dans l'ombre profonde de ses arcades, il vaut mieux que vous n'ayez rien à vous reprocher. Cédric n'a pas besoin d'élever la voix pour se faire entendre ou se faire obéir. Il fait partie de ces personnes à l'autorité naturelle doublée d'une compétence exceptionnelle et d'une taille de bûcheron canadien donnant un sens aigu à son moindre clignement de paupière. Cédric a passé la plus grande partie de sa carrière à

Berlin et s'il a demandé à terminer ses années de service à Strasbourg plutôt que de devenir préfet en Ardèche ou conseiller en Europe de l'est, c'est pour se rapprocher de ses enfants et petits enfants. Il est conscient de la richesse des relations inter-générationnelles et défend le respect entre jeunes et anciens dans un sens comme dans l'autre. Aussi n'est-ce pas un hasard s'il est en train de donner le biberon à son petit-fils quand le téléphone les dérange. Le marmot coincé dans le coude, Cédric décroche tout en continuant à assurer la tétée. Il faut ça, sinon les hurlements lui enlèveraient toute chance de se faire entendre.

— Cédric Mann à l'appareil, que me vaut le plaisir ?

— Ne vous réjouissez pas trop monsieur l'inspecteur général. Nous avons un meurtre sur les bras, le concierge des Arts décoratifs a été retrouvé dans le jardin de son école et nous avons besoin de votre appui pour résoudre cette affaire. Est-ce que vous pouvez vous libérer ?

— Vous êtes déjà sur place inspecteur ? Cédric avait reconnu Estelle, son adjointe.

— Oui une équipe d'intervention a fait les premières constatations, j'y suis depuis un quart d'heure, mais j'aimerais bien que vous soyez là quand la presse arrivera, il faudrait éviter qu'ils bavardent trop, un meurtre dans une école en pleine période électorale, c'est délicat et ça peut tourner au vinaigre.

Samedi 25 mai neuf heures, Cédric laisse son épouse terminer le biberon et, pour se consoler de travailler un jour de repos, sort sa voiture personnelle du garage. Une Matra 530 jaune vif, curieux véhicule de sport, mélange de classicisme élégant et de design d'avant-garde. Quelques minutes lui suffisent pour se rendre sur place. Les flics ont fermé le portail du jardin de l'école, tenant les badauds à l'écart, tant mieux, c'est autant de gagné pour travailler et préserver la scène de crime. Heureusement la rue de l'Académie n'est pas très passante. Un planton lui ouvre et lui indique d'un geste le corps du concierge. Cédric y va directement sans adresser la parole à qui que ce soit. C'est sa façon de travailler, ses premières impressions doivent être brutes de décoffrage, toute tentative de lui adresser la parole à ce moment l'irriterait. La victime semble endormie, face contre terre, le visage enfoncé dans un lit de mousses et de lierres rampants, un petit trou et du sang séché dans la nuque. Allongée à l'arrière du monument aux morts, elle est cachée, abritée par les arbres et masquée par les buissons. Ce jardin avait servi de lieu d'inhumation aux victimes des bombardements de 1870 ce qui explique le monument aux morts. Les Allemands, nouveaux locataires de l'Alsace, avaient déplacé les sépultures pour construire l'école et marqué d'une stèle la mémoire du lieu, chose que la majorité des élèves ignore. Étonnant écho que ce crime venant secouer notre histoire un siècle plus tard. Si le temps n'était pas si doux, on aimerait le dire comme Rimbaud : « Nature, berce-le chaudement, il a froid ». Le corps est éloigné d'à peine quelques mètres de son logement de fonction, une petite maison individuelle cachée en pleine ville dans un écrin de verdure devant un étang ou pullulent les poissons rouges, des arbres presque centenaires s'y baignant du regard... où la lumière pleut, rajouterait le poète.

Cédric Mann s'accroupit devant le corps. Visiblement l'homme a été abattu par derrière, le coup de feu le faisant chuter et trébucher tête en avant. Il n'y a pas eu bagarre. Il y a eu vol. Le portefeuille manque. Il a une montre mais pas d'alliance. Par contre il se pourrait bien que l'homme ait fui son agresseur. Les relevés d'empreintes et leur espacement confirmeront s'il courait. Le périmètre est déjà délimité. Mann fait convoquer son collègue de garde à la scientifique et prend, en attendant son arrivée, quelques photos avec le petit appareil qui ne le quitte jamais. Il soigne son éclairage et ses angles de prise de vue. Cédric a besoin de faire ses propres images pour être sûr de pouvoir se remémorer et travailler à tête reposée le contexte de la scène, chose que les techniciens délaissent souvent au profit des gros plans sur les détails essentiels. Lui s'attache à fixer le lieu et l'intégration du corps dans l'environnement. Au besoin, il fera développer le film au labo de la police, se gardant le loisir de faire lui-même les agrandissements en noir et blanc. On ne sait jamais, un élément qui lui échapperait aujourd'hui peut apparaître sur le cliché. Un changement de point de vue modifie la donne et apporte un nouveau regard. C'est un passionné de photo, depuis des années il collecte les images des meurtres sur lesquels il a enquêté. Insensiblement, par glissement progressif, ce travail systématique est devenu une quête artistique un peu dans l'esprit d'Arnold

Odermatt, ce policier suisse qui a photographié toute sa vie les accidents de voiture sur les lieux desquels il était appelé. La collection de Cédric Mann avoisine les trois mille clichés, ce qui est peu et beaucoup à la fois rapporté à ses quarante ans de carrière, à peine soixante-quinze photos par an, mais si on considère la qualité du travail, c'est une œuvre rigoureuse pleine de sens. Il faudra bien qu'un jour ou l'autre, Cédric trouve à la publier.

— Qui a découvert le corps ? demande-t-il en s'adressant à Estelle.

On lui amène Alfred Pinsel, un professeur de l'école, excellent peintre paysagiste au demeurant, vivant dans la rue voisine : « je sortais mon chien comme tous les matins quand il m'a échappé. La grille était entr'ouverte, il s'est précipité et s'est mis à aboyer de façon anormale. J'avais beau le rappeler, il était en arrêt et refusait de bouger. J'ai dû le rejoindre pour découvrir le corps de ce pauvre monsieur Bakhof. Quel drame épouvantable !

— Où est votre chien ?

— Je l'ai ramené à la maison quand j'y suis retourné pour téléphoner et prévenir la police.

— Vous avez bien fait, j'espère que vous n'avez touché à rien, ne partez pas avant qu'on prenne l'empreinte de vos chaussures. Il faudra faire le tri entre toutes les personnes qui ont laissé des traces de pas. Est-ce qu'il était marié ?

— Oui, sa femme est serveuse à la Tête noire.

S'adressant à nouveau à Estelle :

— Elle n'est pas chez elle ?

— Je n'en sais rien, j'ai sonné et frappé aux volets, ça ne répond pas.

— On ne peut pas attendre. Faites ouvrir la porte de toute urgence ! Si nous n'avons pas de serrurier, enfoncez-la et passez l'appartement au peigne fin. Il faut absolument la trouver et savoir si elle est mêlée à ça de près ou de loin, elle est peut-être en danger.

Le collègue de la police scientifique arrive à ce moment, accompagné de madame le juge Peter, elle s'adresse directement à l'inspecteur général. « Bonjour Mann, j'étais à la tôle et j'en profite pour voir où vous en êtes, qu'en pensez-vous »?

Cédric sourit discrètement au jeu de mot de la juge, « Mann » voulant dire « homme » en alsacien, c'est comme si elle lui avait dit bonjour monsieur, ce qui n'est pas dans ses habitudes.

— Le meurtre ne fait aucun de doute, madame, le mobile par contre reste encore mystérieux. L'épouse est introuvable, c'est un point à éclaircir, pas encore une piste. Ce n'est probablement pas elle qui l'a tué, ça ressemble à un meurtre commis de sang froid. J'aurais presque envie de dire un règlement de compte. L'homme semble avoir été poursuivi et abattu. On lui a pris son portefeuille, habituellement les voleurs se contentent de le vider et l'abandonnent sur place, c'est plus sûr s'ils se font contrôler, à moins que nous ayons affaire à quelqu'un qui veuille revendre les papiers. Ça ne colle pas avec le meurtre, ces gens-là se contentent de voler ou de faire voler par des enfants, c'est plus simple et moins risqué. Cette affaire s'annonce complexe, on n'est pas dans l'hypothèse du rôdeur ou du voleur de petites vieilles. Je vais aller traîner mes guêtres dans les bars du coin pour me faire une idée plus précise du bonhomme. J'espère que nous retrouverons sa femme, ça devrait nous permettre d'y voir plus clair. Je vous appelle en fin d'après-midi. Lundi je m'occuperai des élèves, ça m'étonnerait que j'en croise beaucoup aujourd'hui. En attendant, dès que l'identité judiciaire en aura terminé, je ferai porter le corps à la morgue et nous bouclerons le jardin. Ce n'est pas ici que nous trouverons la solution.

— Entendu, ne négligez pas les élèves, je ne voudrais pas qu'il y ait une histoire de trafic de drogue là-dessous.

— Vous avez une raison de le craindre ?

— Non, heureusement, mais soyons prudent, vous le dites vous-même, cette histoire sent mauvais et dans une école, je n'aime pas du tout ça ! N'oubliez pas que mardi nous aurons un nouveau ministre de l'intérieur et qu'il faut absolument avoir bouclé cette affaire avant sa nomination. Vous me comprenez n'est-ce pas ? Je ne vais pas tarder à avoir le procureur sur le dos, qui lui-même sera mis sous pression par le préfet, et cætera, et cætera. Donc anticipons et manions-nous les fesses, il y a urgence, les journaleux ne nous raterons pas !

Quand on parle du loup, c'est à ce moment qu'arrivent les voitures des *Dernières Nouvelles d'Alsace* et de l'ORTF. Cédric Mann leur expose rapidement le topo, surtout ne pas faire monter la sauce. Il en dit le moins possible, les laisse prendre quelques photos et leur promet des nouvelles dès que l'enquête aura avancé. Le caméraman fait un plan sur les immenses fresques en céramique de la façade réalisées par Léon Elchinger. Il fera un montage plus tard en y réincorporant la reporter et son commentaire. Aucune raison de s'attarder, il y a encore deux sujets à couvrir dans la matinée or cela signifie du temps de montage vidéo incompressible, et le temps est compté jusqu'au prochain journal télévisé.

Une heure plus tard, alors que les dernières constatations sont consignées, les indices collectés, l'ouverture de la maison n'ayant pour le moment apporté aucun élément nouveau, Cédric fait un premier point avec son adjointe : le concierge d'une école d'art est assassiné dans son jardin. Une seule balle dans la nuque, pas de trace de l'arme, pas de douilles, pas d'indices. Il n'a ni papiers ni argent et on n'en a pas trouvé chez lui. Sa femme a disparu sans raison apparente. Pour tenter de trouver un mobile, il va falloir creuser dans le passé et les comptes de la victime. Une équipe reste sur place pour continuer la fouille de l'appartement.

— Estelle voulez-vous bien faire le point sur la vie de cet homme, qui est-il, a-t-il des amis, des passions, joue-t-il de l'argent ? Voyez ce qu'on peut trouver du côté de la banque, a-t-il des dettes et surtout, trouvons cette femme. Est-elle mêlée à l'affaire, a-t-elle été enlevée ? Est-ce un témoin ou une victime ? Pour ma part, je vais glaner ce que je peux dans les bistrots aux alentours. Je vais tenter de voir comment cet homme est perçu par ses voisins et on se retrouve à seize heures au bureau. Pourquoi diable faut-il que les gens se fassent assassiner un week-end, vous pouvez me le dire vous ?

Chapitre 5

Maric, Deutsch-Marc, Gus, Christophe et Jean son inséparable copain, Jojo, Laurent et JM sont sidérés par le récit que Roxane et Borgo font de leur exploration matinale. À dix autour du stammtisch au Diable bleu, ces neuf mecs plus une femme sont dans une bulle, tout à fait inconscients de ce qui se passe autour d'eux et à plus forte raison dans le jardin de leur école. Une tasse de café en main, brûlant d'excitation à raconter leur découverte et se la commentant en conspirateurs théâtreux, ils ponctuent force détails de hochements de tête complices, évitant de parler trop fort pour ne pas se trahir. À six heures et demie, Borgo et Roxane s'étaient donné rendez-vous à l'arrière de l'école devant la fenêtre en rez-de-jardin de l'atelier de gravure. Elle est rarement verrouillée et permet d'accéder directement aux demi sous-sols sans passer par l'entrée. Les élèves utilisent couramment ce passage pour rejoindre, au fond du jardin, le local affecté à la gravure à l'acide. Il leur suffit de pousser la fenêtre. C'est bien pratique, un samedi, jour où l'école est fermée. Ils ont filé à l'étage en bibliothèque, une grande pièce garnie de rayonnages sur les quatre murs avec des livres jusqu'au plafond. L'échelle sur roulettes, appuyée aux meubles chargés de monographies, catalogues et écrits philosophiques sur l'art, hisse Borgo à marches comptées jusqu'au dernier rayon, le plus haut, le moins consulté aussi. Un épais dossier sanglé y dort, certainement depuis des années si l'on en juge par la quantité d'insectes crevés et toiles d'araignées qui le recouvre. Quand il l'attrape, Borgo se prend une volute de poussière dans la figure. Il éternue, lâche un juron, manque d'avaler une mouche, crache, tousse et se racle la gorge persuadé qu'elle est restée coincée, mais non. « J'espère que si on trouve le souterrain, on ne va pas se faire bouffer par les bestioles », dit-il en descendant précautionneusement les marches de l'échelle. Le papier est lourd et le dossier pèse plusieurs kilos. Quelqu'un court dans le couloir, Borgo sursaute et manque de tomber. Roxane le débarrasse prestement et ils se cachent comme ils peuvent derrière le bureau de la bibliothécaire. Fausse alerte, ce devait être le concierge, mais où courait-il comme ça ? Temporairement sauvés, ils sortent de leur cachette et déposent leur trophée sur la grande table de travail en chêne massif. Le dossier est vert foncé, noué sur trois côtés, maculé d'auréoles couleur de rouille et porte une étiquette calligraphiée à la plume : « Plans d'origine et travaux de chauffage complémentaires ». Gros moment d'émotion, l'histoire se réveille sous leurs yeux. Soigneusement, méticuleusement et presque religieusement, les deux étudiants tirent sur les rubans, défaisant l'un après l'autre les nœuds de tortue, des doubles nœuds de rosette. Ce matin, au moment de découvrir les plans qui doivent leur ouvrir les voies de l'Élysée, ils se sentent une âme de Champollion.

De nombreuses sous-chemises rassemblent des feuilles à entête relatives à la construction de l'école. L'une d'elles semble correspondre à leurs attentes : « Élévations antérieures, plans et coupes du bâtiment illustrant l'ouvrage – Strassburg und seine Bauten (1894) – ». Il y est question de sa conception inspirée et suivie par son premier directeur, Anton Seder. Un document confirme que le terrain était un ancien jardin botanique et qu'il avait abrité un cimetière provisoire, mais aucune allusion à un quelconque souterrain.

Ils ne faut pas qu'ils traînent et, pour gagner du temps, ils se partagent l'étude des chemises, le concierge pourrait revenir. Roxane s'arrête soudain sur une nouvelle info, « l'adjonction récente d'une aile perpendiculaire au centre de cette façade en a totalement dénaturé la perspective ». Il ne peut s'agir que l'aile qui abrite la salle de conférence et justement elle a été construite entre l'école et la piscine. Ça devient bon, l'horizon s'éclaircit. Quelques feuillets plus loin, banco ! Une esquisse du projet d'extension daté d'octobre 1962 ! Une station intermédiaire de chauffage a été réalisée en liaison avec les Bains municipaux, y adjoignant un souterrain pour acheminer l'eau chaude et autoriser la circulation des employés chargés de son entretien. Le souterrain existe bel et bien, il part tout simplement de la chaufferie. C'est bête comme chou, il suffit de descendre les quelques marches devant la loge du concierge et prendre la première porte à droite dans le couloir qui mène à l'atelier de gravure. Personne de l'école n'y va jamais. Comme elle reste perpétuellement fermée, les élèves ont toujours cru que c'était une cave, en fait personne ne s'est jamais vraiment posé la question. Borgo est tellement heureux qu'il a les jambes flageolantes et les mains qui tremblent, Roxane se met à danser de joie. Les deux jeunes s'attrapent par la taille et tournent comme des fous, mimant une fougueuse chevauchée amoureuse. Il n'en faut pas plus pour que le désir les enflamme. Ils s'embrassent, fougueux, et sans aucun préliminaire se trouvent engagés dans une furieuse partie de jambes en l'air. C'est du spontané, du court, de l'animal, c'est bref, c'est chaud-bouillant, ça brûle de passion soudaine mais nom d'une pipe, c'est ce qu'il fallait pour recaler les esprits en mode opérationnel. Elle, debout, appuyée sur les montants de la bibliothèque, lui accroché aux barreaux de l'échelle. Trois minutes de baise intense durant lesquelles c'est miracle qu'aucun livre ne soit tombé de son rayonnage et pourtant ils ont tout fait pour... Trempés de sueur, essorés après ce sprint, mais heureux et défoulés, ils se rajustent et la parenthèse se referme aussi subitement qu'elle s'est ouverte.

Ils prennent tout de même soin de remettre le dossier sur son étagère avant de se précipiter dans l'escalier. La porte de la chaufferie est fermée à clé, pas de problème, Borgo est un bricoleur, un Louis XVI des serrures. À douze ans, il crochetait déjà la porte de la cave pour retrouver en secret son récupérat d'outils, clous, vis et bouts de fils de fer collectés au hasard des caniveaux et il construisait des machines extravagantes. Il ne va donc pas se laisser mettre en échec par la serrure de la chaufferie, en moins de deux minutes elle cède. Les choses sérieuses vont pouvoir commencer. Entrer et surtout bien refermer la porte pour ne pas attirer l'attention. Voilà donc à quoi ressemble la station intermédiaire, des tuyaux, des cadrans d'affichage de pression et de température, un seau d'eau à moitié rempli sous un siphon de purge, au mur un plan du circuit de chauffage et des instructions d'entretien avec un tableau périodique signé et daté de chaque intervention. Au fond de la pièce, une toute petite porte qui arrive à peine sous les seins de Roxane, elle actionne la poignée avec l'émotion qu'on imagine, les charnières accompagnent l'ouverture d'un couinement paresseux alors qu'une odeur de cave à champignons accompagnée d'une sensation de picotement les saisit à la gorge. L'ouverture révèle un passage sombre d'à peine un mètre trente de haut ce qui les oblige, pour s'y glisser, à se courber comme des petits vieux. Le sol est en terre battue et gravier. Au plafond des traînées de peinture de différentes couleurs bleu, blanc et rouge semblent là pour guider leur pas. C'est une ambiance lourde mais curieusement il n'y a pas ou très peu de toiles d'araignées, ce passage est utilisé régulièrement, tant mieux, ils n'aiment pas trop les petites bêtes. Borgo allume une bougie pour y voir quelque chose mais aussi, dit-il, pour tester la qualité de l'air. Si elle brûle c'est qu'il y a de l'oxygène, ils mourront peut-être perdus ou en tombant dans un trou, mais pas asphyxiés. C'est plus pour le folklore que par sécurité, ils ne sont pas dans une caverne troglodyte, mais il a un côté théâtral et le cultive. Ils s'engagent donc et après quelques mètres seulement, un coude les coupe définitivement de l'entrée, assombrissant l'ambiance. Le sol est glauque et humide affectant les pas d'un bruit de succion et de mastication comme un porc bouffant la gueule ouverte. C'est flippant ! La combinaison des bruits et ombres dansantes animées par la bougie se superpose à la découverte abrupte de lignes de graffitis incompréhensibles *«)3RËQ°AER:R « A »äJZ(»* et ainsi de suite sur plusieurs lignes et sur plusieurs mètres. La ligne supérieure est en rouge, les autres sont en bleu surajoutées de caractères blancs partiellement grattés et indéchiffrables. Ce ne sont ni une langue ni des symboles mathématiques mais un code, il n'y a pas de doute. Est-ce que ce passage abriterait des activités secrètes ? Est-ce que des inscriptions seraient laissées par quelqu'un pour servir de consignes à d'autres qui passeraient plus tard ? Les individus à l'origine de ces lignes correspondraient-ils sans se rencontrer ? Roxane attrape la main de Borgo, elle se sent oppressée, cherche soudain sa respiration et tente de contenir une sorte d'angoisse qu'elle sent monter en elle. Dans quelle histoire se sont-ils fourrés ? Encore vingt mètres et une intersection propose à droite un angle à quatre-vingt-dix degrés, à gauche un retour vers l'arrière en biais en direction des quais. Le passage devient multiple, les inquiétudes de Roxane commencent à la travailler au corps, Borgo prend sur lui et ne montre rien de son trouble pour ne pas paniquer davantage sa compagne. Au plafond le trait bleu file à droite vers le quai des Pêcheurs, droit devant le trait rouge semble être la meilleure option pour atteindre la piscine. De toute manière, il n'y a pas à se poser de questions, les deux gros tuyaux de fonte qui longent le plafond sont le meilleur guide qui soit. Ils en deviennent presque rassurants, le risque en soi n'est pas ce qui les inquiète, mais plutôt celui d'une rencontre imprévue. Ils se font probablement un film, mais leur malaise se renforce quand une vingtaine de mètres plus loin, une faible lueur tombe du plafond découvrant une sorte de puits aspirant une échelle de fer vers la surface, en fait des barreaux scellés dans le mur, s'élançant comme dans une tourelle de sous-marin. Une grille à compartiments vitrés en occulte partiellement l'ouverture, certains sont cassés ou fêlés, laissant deviner un espace clos faiblement éclairé. Ce n'est pas le moment de lâcher prise ou de se disperser, la trappe ne mène de toute manière pas à la piscine, sans doute un accès à la cave d'un immeuble de la rue Prechter. Roxane et Borgo se demandent pourquoi ils ne sont venus qu'à deux, en groupe c'eût été plus facile à gérer, mais maintenant qu'ils y sont, c'est comme ça et ils ne vont pas faire demi-tour. Après quelques pas, un nouveau coude du tunnel laisse sourdre des bruits inquiétants, des résonances intermittentes, lourdes et frappantes. Si on n'est pas prévenu, l'effet est radical, le sang glisse douloureusement dans leurs veines, ils serrent les fesses pour ne pas pisser dans leur froc mais continuent d'avancer en se demandant ce qu'ils font dans ce trou à rats alors que personne ne leur a demandé de s'y fourrer. Ils ne sont pas fiers du tout ! C'est à ce moment que le bruit qu'ils croyaient entendre sans parvenir à l'identifier se fait plus présent. Quelqu'un les suit dans le souterrain à une trentaine de mètres d'intervalle. Glacés d'effroi, ils s'arrêtent et écoutent. Ce ne sont pas les battements de leur cœur tout de même, alors ils écoutent encore, mais plus rien ! Ont-ils rêvé ? Comme ils sont deux, ils se renforcent l'un l'autre, passent outre et continuent leur marche accroupie. On dirait des canards claudiquant à reculons vers l'abattoir, cette position inconfortable contribue sans aucun doute à la théâtralisation et à la dramatisation de la scène, mais ils ne peuvent s'en rendre compte, trop occupés à surmonter leurs émotions. Encore une trentaine de mètres, le bruit ne fait que s'amplifier et soudain, une porte en fer. Elle leur barre le passage, bloquée. Ce n'est pas possible, ça ne peut être la fin du voyage. Tout ça pour ça, ce serait trop décevant ! Les bruits semblent si proches maintenant qu'en collant l'oreille à la porte ils ont l'impression d'espionner un Léviathan dans son antre. Ça respire et ça siffle comme une locomotive. Borgo exerce une pression sur la poignée, elle bouge mais cela n'a aucun effet sur la porte. Les deux se regardent avec le même air traqué. Et si elle était fermée de l'intérieur, on ne va tout de même pas subir pareille défaite ? Borgo déplace la bougie et, à sa lueur, apparaît un levier, une sorte de verrou placé en haut, puis un second identique en bas. Un quart de tour les débloque et la poignée libère désormais la lourde porte sur un escalier en pierre d'une quinzaine de marches, débouchant dans un atelier en rez-de-chaussée. Le retour au niveau du sol les soulage un peu. Après quelques pas et enjambées, quelques faux pas et chutes dans l'ombre du tas de charbon, leur apparaît une immense pièce de bien cinq mètres sous plafond, de grandes portes métalliques et fenêtres vitrées à petits carreaux. C'est la chaufferie de la piscine. Personne ne peut se douter de l'existence de ce passage sans prendre la peine de contourner l'immense tas de charbon devant deux chaudières géantes. Ça sent fort le souffre mais ce qui est rassurant, c'est qu'au moins il n'y a ni monstre ni Léviathan, l'exploration peut continuer.

Depuis la chaufferie, trois issues sont possibles, celle d'où Borgo et Roxane sont arrivés, la double porte donnant sur la cour et une porte au fond, munie d'une barre d'ouverture peinte en rouge comme pour les issues de secours au cinéma. C'est donc celle-là qu'il faut emprunter. Elle n'est pas verrouillée et donne sur un escalier plongeant à nouveau dans le sol. Une quinzaine de marches plus bas, un palier abrite un impressionnant tableau de commande, deux manomètres de pression et indicateurs de température, deux rangées de voyants lumineux et leviers de coupure de courant, deux séries de fusibles, un voltmètre et un interrupteur général. Tout est en double, c'est certainement le pupitre de contrôle des deux bassins de la piscine, le grand mixte et le petit réservé aux femmes. Les contacteurs en cuivre et en verre, montés sur une plaque de marbre ont l'élégance et la noblesse des constructions du siècle dernier. De ce palier une coursive file à angle droit et longe une cave saturée de canalisations de tailles et de couleurs différentes, puis vient une ouverture les obligeant à baisser la tête pour les introduire dans un atelier de ferronnerie, véritable antre de Vulcain. La forge et les outils, des pinces et des tenailles soigneusement rangées à leur clou, des marteaux, des clés si grosses qu'on les dirait faites pour démonter des roues de tracteur, des boîtes à outils en bois, d'autres en métal, des chariots sur roues chargés de barres de fer, du chanvre et de la graisse pour jointoyer les raccords de tuyaux. Roxane et Borgo restent ébahis, pousser l'intégration des ateliers d'entretien à ce point relève d'une démarche autarcique d'un autre temps, mais leur surprise n'est pas finie. Les quelques marches s'échappant de la forge les mènent à l'étage et là pour le coup, leur surprise est totale. Roxane et Borgo arrivent dans une buanderie imposante par ses dimensions colossales. Deux immenses machines à laver d'une capacité d'une tonne chacune accolées à deux calandreuses pour le repassage de draps et une série de machines à coudre pour le reprisage : de quoi assurer le linge de la piscine et, ils le découvrent, de l'hôpital. Les paquets de draps marqués aux lettres du CHU ne laissent aucun doute. Dans la journée cet établissement doit être une véritable usine, un village dans la ville. Il ne manquerait qu'un restaurant pour parfaire l'équipement, d'ailleurs manque-t-il vraiment ? Peut-être y a-t-il une cantine vu le nombre de personnes qu'emploie ce paquebot.

Il semble bien que prolonger la visite soit désormais impossible. Des cinq portes qui partent de la lingerie, la seule ouverte est celle par laquelle ils sont venus. Le bureau de la directrice est fermé à clé, l'accès aux couloirs également et les deux portes latérales sont solidement verrouillées. Par contre, elles sont partiellement vitrées et laissent apercevoir l'une le grand bassin, l'autre le petit. Ils sont dans l'antre du monstre et voir leur but si près leur procure une vive excitation. Crocheter des serrures de sécurité n'est pas possible, il va falloir trouver autre chose. C'est à ce moment que, portant leur regard au-dessus des deux portes, ils réalisent qu'elles sont surmontées de deux fenêtres ovales, des œils-de-bœufs simplement maintenus par quatre loqueteaux. Il suffira de les actionner et la fenêtre se détachera tout simplement ! Le passage vers les bassins est possible, il n'est pas nécessaire de rester plus longtemps au risque de se faire prendre. Vite, se sauver et prévenir les copains ! Quitter le diable Vauvert pour le Diable bleu, retrouver l'air libre et l'odeur du café.

Plutôt que de faire le trajet en sens inverse, il sera plus simple de revenir par la surface, c'est moins risqué, ils ne veulent surtout pas se retrouver nez à nez avec le concierge. Borgo et Roxane ressortent par la forge, avancent à rebours le long des tuyaux, repassent devant le pupitre de commande, remontent les marches et parviennent à la chaufferie. Ils avisent les immenses portes vitrées. Elles ne sont fermées que de l'intérieur par des verrous condamnant solidement l'ouverture. De l'extérieur c'est impossible à ouvrir, de l'intérieur c'est très simple. Une fois sortis, ils sont au pied de la cheminée de briques rouges, certainement vingt-cinq à trente mètres de haut, parcourue de la tête au pied d'un paratonnerre, serpentesque colonne vertébrale coiffée de volutes de fumées grises ou carrément noires suivant son humeur. Si forte et si fragile pourtant, elle domine la Krutenau. À ses pieds, une camionnette de pompes funèbres monte la garde la nuit, les week-ends et les jours fériés. Son entreprise, une fabrique de cercueils, est en face et ses quais de déchargement sont juste à côté du bordel de la Moustique. Borgo se rappelle les inscriptions mystérieuses et ne peut s'empêcher de faire le rapprochement. La mort, le sexe et l'alcool, une trilogie qui pourrait bien cacher quelque chose de fort louche.

Chapitre 6

Revenons au Diable bleu où la bande de jeunes est en train de se repasser dans la tête les images du périple de leurs deux éclaireurs, humant désormais un café chaud et bien mérité quand un homme costaud, plutôt grand gaillard et sûr de lui, s'approche en exhibant une carte de police. Il aurait pu leur montrer ce qu'il voulait avec une bande tricolore, ils ne savent de toute façon pas à quoi ressemble une vraie carte de flic. Grosse panique intérieure, ils se sont déjà fait pincer par les poulets – ce n'est pas possible ? Pourtant le mec devant eux n'a pas l'air de rigoler. Le patron du bistrot les appelle de loin :

— Je lui ai dit que vous étiez des Arts déco, je crois qu'il a des choses à vous demander.

— Non, on a rien à se dire, qu'est-ce que c'est que cette histoire ?

L'homme s'avance, renforçant leur inquiétude. Comment en deux heures à peine a-t-il pu savoir qu'ils étaient entrés dans la piscine par effraction ? Ils n'ont rien cassé et n'ont rencontré personne même s'il s'en est fallu de peu. Ils n'ont pu qu'être vus et dénoncés, il n'y a pas de doute, ce n'est pas possible autrement. Pourvu qu'il ne sache rien du souterrain. Arrivé à leur table il ouvre la bouche :

— Ça fait combien de temps que vous êtes là ?

— Pourquoi, on a fait quelque chose de mal ?

Borgo parle avec agressivité pour cacher le malaise qui le tenaille à l'intérieur.

— Ça, c'est à vous de me le dire.

— Alors comme ça on peut plus boire un verre tranquille ?

Attaquer pour mieux se défendre, ce n'est pas nouveau mais ça a fait ses preuves.

— Qui vous parle de ça ? Je vous demande depuis quand vous êtes là ce matin ?

— Ça fait bien deux heures, il devait être huit heures et demie.

— Est-ce que vous avez vu le concierge des arts décoratifs ce matin ?

Ça y est, c'est lui qui les a donnés. Ils n'auraient pas cru ça de lui et pourtant...

— Non, on ne l'a pas vu dit Borgo, qu'est-ce qu'il vous a raconté ?

— Pourquoi, il aurait dû me raconter quelque chose ?

— Non mais pourquoi toutes ces questions ?

— Parce qu'il est mort, et qu'on lui a tiré une balle dans la tête, et que ce n'est pas joli à voir, et que mon boulot est de trouver qui a fait ça, pourquoi il l'a fait et comment il l'a fait.

Une douche glacée leur dégouline dessus, la sueur ruisselle dans le dos de Borgo, ses lèvres se pincent et deviennent toutes blanches, son cœur s'affole, ses jambes deviennent molles, ses mains tremblent, son cerveau fait un tour à vide, ça fait comme un voile devant ses yeux. La moitié du champ de vision de Borgo devient sombre, les paroles lui semblent soudain lointaines. Tout d'un coup, il s'ébroue et se demande ce qu'il fait au marché. Mais il n'est évidemment pas au marché, tout lui revient, ce n'était qu'un étourdissement. Peut-être une à deux secondes de perte de conscience mais maintenant ça redevient bon. Jamais il n'aurait cru ça possible, son corps tout entier se cabre et refuse d'entendre. Ils ne sont pas liés à ça, ce n'est pas pour eux que l'homme est là, d'ailleurs il ne sait certainement rien de leur virée matinale. Borgo reprend doucement vie et se persuade que le flic ne sait rien du tout, il avale son demi d'une traite, étouffe un renvoi et se tourne vers le flic.

— C'est une sale blague que vous nous racontez là !

— Malheureusement non, est-ce que vous connaissez sa femme ?

— Oui, comme tout le monde, elle est serveuse à La Tête noire.

— Elle travaille à cette heure ?

— Ah non elle ne fait jamais le matin, elle commence vers onze heures et demie pour le service de midi.

— Bon, eh bien je vais aller y faire un tour, elle ne devrait pas tarder. Est-ce que le concierge vous a paru inquiet ou préoccupé ces derniers temps ?

— C'est-à dire que hier, il tirait plutôt une sale gueule, même qu'on s'est demandé s'il s'était encore frité avec sa bonne femme.

— Pourquoi, il y avait de l'eau dans le gaz ?

— Déjà ça ne serait pas vraiment de l'eau, vu qu'elle aime bien boire un verre de temps en temps, et puis oui, ils ne s'entendaient pas vraiment. Ce n'était pas non plus un modèle de vertu. Toujours maquillée pour aguicher les clients, habillée pas beaucoup mieux et pas vraiment du genre fidèle. Du moins c'est ce qui se dit, mais il ne faut pas croire tout ce qui se dit.

— Eh bien, ça ressemble déjà à un portrait. À part ça, si vous ne voyez rien d'autre à me dire, je sens que je vais prendre l'apéro à côté. Prenez ma carte et appelez-moi si ça vous vient.

Une centaine de mètres plus loin, Cédric pousse la porte de la Tête noire et va s'accouder au comptoir. Il est onze heures trente, madame Ritsch est encore seule à assurer le service. Il n'y va pas par quatre chemins et lui montre sa carte.

— Madame Bakhof est-elle là ?

— Non, elle a pris son week-end et ça ne m'arrange pas vraiment.

— Moi non plus, savez-vous où on peut la trouver ? Elle n'est pas chez elle.

— Je n'en sais rien, qu'est-ce que vous lui voulez ?

— Son mari s'est fait assassiner cette nuit, ça mérite bien une petite conversation, vous ne trouvez pas ?

— Nom d'un chien ! C'était donc ça tout le ramdam de ce matin. Vous ne pensez tout de même pas qu'elle y soit pour quelque chose ?

— Pourquoi, je devrais ? À quelle heure a-t-elle fini son service hier ?

— Comme d'habitude, vers minuit.

— Est-ce qu'elle était bien dans son assiette, avez-vous remarqué quelque chose d'anormal ?

— C'est-à-dire que hier soir, il y a bien eu un petit incident. Un client lui a glissé un mot en douce et j'ai bien vu que ça l'avait chamboulée. Vous savez mon job c'est d'avoir l'œil partout dans la salle, vérifier que tout le monde est servi, que personne ne part sans payer, que les gens se tiennent convenablement. Alors je l'ai observée. Après l'avoir lu, elle avait le regard noir. Elle l'a chiffonné et l'a jeté dans le panier derrière le comptoir.

— Eh bien, donnez-le moi ce mot, et n'allez pas me dire que vous ne l'avez pas récupéré, je ne vous croirai pas. Votre boulot, c'est bien d'avoir l'œil partout n'est-ce pas ?

— Je suis obligée de savoir ce qui se passe, on voit tellement de choses dans ce métier...

— Bon il vient ce bout de papier ?

— Voilà, voilà, mais n'allez pas lui dire que c'est moi, elle ne comprendrait pas.

— Que vous l'espionnez ? Rassurez-vous elle en fait certainement autant à votre sujet. Cédric Mann déplie le message : « Ton mec est en compagnie de la Moustique, au bar La Cloche ». OK, je vois, et qu'est-ce qu'il s'est passé ensuite ?

— Rien, elle était occupée avec un habitué. De temps en temps il fait la fermeture et la raccompagne chez elle. C'est ce qui s'est probablement passé hier soir. En tous les cas elle a quitté peu de temps après lui, comme si je ne savais pas qu'elle allait le retrouver.

— Vous êtes sûre que c'est chez elle qu'il la raccompagne ?

— Mais je ne peux pas vous dire, comment voulez-vous que je sache ce que fait mon personnel après le service ?

— Faites un petit effort et dites-moi où il crèche ce client modèle qui aide les petites vieilles à traverser la rue ?

— Ça, il ne me l'a jamais dit.

— Dites, je crois que vous ne vous rendez pas bien compte que j'enquête sur un meurtre, alors remuez vous les méninges et trouvez quelque chose. J'ai besoin de savoir où loge ce monsieur et où se trouve cette dame, et le plus vite sera le mieux !

— Il me semble que c'est un représentant de commerce et qu'il loge à l'hôtel, je ne sais pas lequel, il change souvent. Mais n'allez pas croire que...

— Que votre serveuse fait des extras après le boulot ? C'est ça que vous voulez dire ? Pour le moment ça ne m'intéresse pas mais ça pourrait bien venir et dans ce cas nous nous reverrons. Vous n'en avez pas fini avec moi. Il faudra de toute façon que vous passiez rue de la Nuée-Bleue pour consigner tout ça par écrit. Venez demain matin, je donnerai des instructions pour qu'on vous reçoive. Si madame votre serveuse vient travailler, prévenez-moi, voilà ma carte. Dites-moi encore, à quoi ressemble t-il ce dragueur de fond ?

— De taille moyenne, un mètre soixante-dix, élégant, un nœud pap, des cheveux frisés, de corpulence moyenne et l'air de toujours se marrer. Il fume la pipe.

— Madame Ritsch, c'est un plaisir que de vous écouter, avec ça je devrais pouvoir m'en sortir. N'oubliez pas, demain à mon bureau.

Cédric Mann sort, jette un coup d'œil à l'horloge de Saint-Paul. Il est midi, pourquoi ne pas rendre visite à l'hôtel le plus proche avant de déjeuner ? On ne sait jamais. Il y a bien une pension rue Goethe, mais c'est un peu loin, ce sera pour cet après-midi. Par contre, il n'y a qu'à peine trois cents mètres jusqu'à l'hôtel Savoie, ce sera donc celui-là. Cinq minutes après, il s'avance dans un long couloir étroit qui se prolonge par un escalier guère plus large pour déboucher au premier étage sur la réception du petit hôtel. La patronne est à l'accueil, il lui montre sa carte de police ce qui ne l'émeut guère, ce n'est pas la première fois qu'elle en voit une. La description du bonhomme ne lui dit rien.

— Est-ce que je peux voir votre livre d'entrées ?

— Bien entendu, il est là pour ça.

Cédric Mann le parcourt et tombe en arrêt sur le nom de Bakhof, C. Bakhof. Pour une surprise, c'en est une. Qu'est-ce que le concierge foutait dans cet hôtel ?

— Il est arrivé quand ce monsieur ?

— Hier dans l'après-midi, c'est moi qui l'ai inscrit, il a pris la chambre sept mais curieusement, ne semble pas avoir dormi ici. La femme de ménage prétend que son lit n'a pas été défait.

— Est-ce qu'il était seul ? Il n'y avait pas une petite blonde avec lui ?

— Pas que je sache.

— C'est la première fois qu'il vient ?

— Autant que je puisse me rappeler, oui, mais il faudrait vérifier.

— OK, j'emmène votre livre, on vous le rendra demain. Montrez-moi sa chambre si vous le voulez bien.

La chambre est strictement vide. À croire qu'elle n'a pas été louée. Pas une valise, pas un vêtement, pas un papier. Ça ressemble à un garçonnière de circonstance.

— Je repasserai voir votre veilleur de nuit, j'ai deux ou trois questions à lui poser.

— Alors passez lundi, ce soir et dimanche il est de repos.

Il est l'heure de déjeuner, un plat du jour au bistrot du coin fera parfaitement l'affaire. Cédric s'y rend et mange rapidement en se repassant à l'esprit les événements de la matinée. Cette histoire est curieuse, on y voit de moins en moins clair. Cet après-midi, il commencera son tour par la rue Prechter puis rendra visite à la pension de famille. Ensuite il sera temps de faire le point avec Estelle et son équipe d'enquêteurs.

Treize heures, un petit café, l'addition et au boulot. La Moustique est au turbin comme tous les jours, comme toujours, un véritable personnage de roman. Sa maison plus ou moins officiellement close est une des dernières à avoir échappé à Marthe Richard, la « Veuve qui clôt ». La Moustique place son fauteuil à cinquante centimètres de la fenêtre, elle n'a même pas à se courber en avant pour l'ouvrir et répond immédiatement à l'inspecteur général par une invitation à entrer. Elle vient de s'offrir une nouvelle télé, son vieux poste avait implosé et bien failli mettre le feu à la maison.

La Moustique a particulièrement soigné son apparence, maquillage un peu appuyé certes, mais après tout, c'est son fond de commerce, décolleté digne des grands canyons, ça c'est la loi du genre, et long fume-cigarettes à la Marlène Dietrich. Bref on ne peut pas se tromper, elle n'a pas besoin de lampe rouge, c'est bien un bordel. La Moustique était même obligée de chasser régulièrement les chenapans qui s'arrêtaient devant chez elle en revenant de l'école : « rentrez à la maison, il n'y a pas de femmes ici !... ». Cédric Mann la questionne :

— Dites-voir la Moustique, vous ne faisiez pas du gringue à un monsieur hier soir au bar la Cloche ?

— Mais qu'allez-vous penser monsieur ! Je fais un peu de soutien moral à des âmes en peine, je fais de l'assistance psychologique à des hommes désorientés, mais jamais de gringue, où allez-vous chercher ça ?

— Je vois le genre, difficile de croire que les mères de familles soient au courant de ce genre d'assistance. Je ne vais pas y aller par quatre chemins. On vous a aperçue hier soir en compagnie du concierge des Arts décoratifs, jusqu'à quelle heure étiez-vous avec lui ?

— Si vous parlez de Claude, c'est une crème, cet homme, on le sent parfois un peu perdu, comme si la vie autour de lui ne le concernait pas. Il n'a pas toujours l'air de s'entendre bien avec sa femme. Elle est jalouse comme une tigresse et pourtant lui fait porter les bois d'un grand cerf. On a partagé un moment ensemble jusque vers onze heures. Il était nerveux et attendait quelqu'un, c'était une histoire d'argent, il fallait absolument qu'il parte mais ne m'en a pas dit davantage. Je ne pose jamais de questions vous savez, j'écoute parler les hommes, je ne suis là ni pour les juger, ni pour les conseiller. Vous savez, ou vous ne savez pas, ceux qui viennent me voir sont parfois, et plus souvent qu'on ne le croit, des hommes seuls. Quand je dis seuls, ça ne veut pas dire qu'ils sont célibataires, on peut très bien vivre seul à côté de quelqu'un et c'est plus fréquent qu'on ne le croit. Ils ont parfois besoin de se confier et l'avantage avec nous, c'est qu'ils peuvent vider leur sac, personne n'en saura rien.

— Vider leur sac, tout un programme...

— N'allez pas me faire dire ce que je ne dis pas. Je représente simplement une écoute attentive, les hommes paient pour cela. Le reste va avec, c'est un prétexte, pas forcément un but.

— Vous avez probablement raison. S'il s'est fait assassiner d'une balle dans la tête cette nuit, il y a forcément quelque chose dans sa vie. Je dois le trouver si je veux parvenir à démasquer son assassin. Vous lui connaissiez des ennemis ? Et sur cette histoire d'argent, vous ne pouvez vraiment rien me dire de plus ?

La Moustique marque le coup, elle se brûle la gorge en avalant son café d'un trait, tousse et manque de s'étouffer. Les larmes lui montent aux yeux, a t-elle avalé de travers, est-elle touchée par la fin tragique de Claude ? Peut-être les deux à la fois, elle est troublée, c'est évident, rien d'anormal, mais tout de même… Le trouble fait rapidement place à l'abattement.

— Mais qu'est-ce qu'on pouvait bien lui vouloir ? L'argent ? Ça m'étonnerait. La came ? Autant que je sache, il n'y a jamais touché. La jalousie ? On ne colle pas une balle dans la tête pour ça. Le jeu ? S'il jouait, il le cachait bien, je n'en ai jamais rien su.

— Dites-voir, l'air de rien, en quelques mots vous avez fait le tour de la question sans avoir l'air d'y toucher. Quand il vous a quittée, vous êtes restée longtemps à La cloche ?

— Une heure environ puis je suis rentrée.

— On vérifiera, en attendant restez dans le coin, vous m'avez beaucoup aidé. Vous êtes probablement la dernière à l'avoir vu en vie, ce qui fait de vous un témoin capital. Je vous donne ma carte. Surtout appelez-moi si vous voyez encore quelque chose à me dire.

Cédric prend congé, il rend encore visite à la pension de famille de la rue Goethe sans rien y apprendre, récupère sa voiture et regagne son bureau, rue de la Nuée-Bleue pour y réunir son staff.

Chapitre 7

La réunion au Diable bleu ne dure guère après le passage de l'inspecteur, les jeunes, encore sous le choc, filent à l'école mais les flics bloquent l'accès au jardin. Désorientés, ils décident de se séparer, de se retrouver pour dîner à l'Étoile et y mettre en place l'organisation de la soirée, chacun a toute l'après-midi pour se reposer et y réfléchir.

Borgo, tremblant d'émotion, repense à sa découverte de ce matin, au meurtre du concierge, aux souterrains reliés aux hôtels de passe de la rue Prechter. Tout s'emmêle et s'embrouille dans son esprit. Le télescopage des lieux et des événements suscite des connexions nouvelles, mais il ne peut pas en parler à l'inspecteur, pas maintenant en tout cas, sous peine de détruire leur soirée. Il se décide à rendre visite à Sonja, la jeune pensionnaire de la Moustique ; elle a posé l'une ou l'autre fois au cours de dessin de nu. Il la fréquente parfois au début du mois, quand il n'est pas encore fauché. C'est une relation confuse faite de confidence et respect mutuel. L'un et l'autre comparent le vide que leurs vies trop remplies laissent béer et s'offrent une compensation tarifée qui sans les satisfaire les aide à vivre, elle financièrement, lui affectivement. Borgo repère sa voiture dans la rue, une Austin Mini de couleur vive facile à reconnaître. La fenêtre de la jeune femme n'est pas fleurie, signe que la voie est libre, il sonne trois coups, un bref, un long, un bref et escalade les deux étages qui le mènent à sa chambre. Sonja l'accueille souriante :

— Ça fait un bail que je ne t'ai pas vu, entre, je te fais un café ?

Elle est belle comme une gravure de mode, habillée avec une élégance discrète presque bourgeoise, blonde avec une poitrine comme les hommes en rêvent tous. Un chemisier léger laisse entrevoir le rose fluo de ses sous-vêtements, c'est pop, flashy, branché, c'est sexe et c'est pour ça que c'est fait ! Sonja fait semblant de ne pas voir le trouble qu'elle provoque, emplit deux mugs de café et s'assied avec nonchalance sur le bord du lit, dévoilant une perspective affolante vers ses seins, la jupe suffisamment remontée pour laisser poindre une dentelle ourlant finement des cuisses à l'arôme de brugnon, peau de prune et chair de pêche. Le cœur de Borgo entame une chamade, sonne tambours et trompettes, sa gorge se resserre, ses sens s'enflamment pour la deuxième fois de la journée. Il cherche un billet de 100 francs au fond de sa poche et, en homme élégant, le plie et le glisse simplement sous le sucrier. Il sait que Sonia a parfaitement compris et reste debout devant elle alors qu'elle entreprend de le mettre à l'aise, Borgo en oublie la raison de sa venue et se laisse aller au suave de l'instant. Il reprend l'initiative après quelques minutes d'abandon et lui fait l'amour en levrette devant le miroir. Ce n'est qu'une passe mais c'est aussi un plaisir volé, une friandise qu'il déguste avec lenteur en épicurien averti. Rien à voir avec la fougue du matin, il savoure et s'applique à donner un plaisir qu'elle ne prend jamais avec ses clients. Il fait tout pour l'y amener malgré elle et quand Sonja ferme les yeux, tourne la tête et laisse échapper un gémissement, il sait qu'elle a lâché prise, elle a cédé presque volontiers à la courtoisie de Borgo, confirmant ainsi la simplexité des relations humaines.

L'entracte, comme il aime à appeler ces petits moments « entre deux », ne dure qu'une quinzaine de minutes, le café n'a pas eu le temps de refroidir, ils le boivent tout nus et Borgo se confie, il raconte cette journée si étrange, le meurtre, l'angoisse, les flics, le bistrot.

— Tu sais Sonja, ce matin j'ai fait une découverte incroyable, il y a un passage souterrain entre notre école et les Bains municipaux. Et, plus intéressant, il se divise en deux, une des branches va en direction du quai. Je ne l'ai pas suivie mais ça ne doit pas passer très loin de chez toi, est-ce que tu le savais, tu en as déjà entendu parler ?

— Bien sûr, par contre je ne te l'aurais pas dit si tu ne l'avais pas trouvé. On évite de l'ébruiter, il fait partie d'un réseau de galeries reliant les différents hôtels de la rue. À une époque la police nous faisait la chasse et quand les flics se pointaient, la Moustique envoyait un signal dans les chambres et tout le monde se carapatait par les caves. Heureusement ils ne nous ont jamais trouvés. Aujourd'hui les tunnels existent encore mais plusieurs portes de fer les condamnent et en compliquent l'accès. C'est pourquoi j'y ai installé mon salon exotique. Si ça t'intéresse, je veux bien t'en faire les honneurs.

— Tu es tout mon exotisme Sonja et ton jardin secrète des phéromones si puissants que malgré les étages, les planchers, les plafonds, et les autres planchers qui s'additionnent aux autres plafonds, elles me tourneboulent les sens et me déstabilisent les boules.

Borgo, en plein trip, l'attrape par la main et se laisse mener au sous-sol dans un dédale de couloirs jusqu'à ce qu'un portrait de Che Guevara peint en rouge à l'aérosol annonce une vieille porte en métal rouillé s'ouvrant sur un conduit aux murs constellés d'écailles de bar dardant mille et un reflets argentés. En fait d'écailles des centaines de capsules de champagne reflétent anarchiquement la lumière rasante de deux spots multidirectionnels. Le conduit n'est qu'un sas d'à peine deux pas débouchant sur un lieu totalement décalé. Un fauteuil de dentiste au cuir patiné par des générations de fesses serrées fait face à deux fauteuils gynécologiques, un fauteuil roulant sans roues et une brouette garnie de coussins moelleux. Au bar des sièges de tracteurs soudés à des pieds de réverbères alternent avec des nacelles-balançoires mollement animées par une énorme hélice sub-marine fixée au plafond. Un curieux meuble semble égrener dans un style totalement baroque une infinité d'usages délicieusement licencieux : des étriers, un double plateau molletonné et des pieds permettant tous usages en toutes positions. Borgo jette un coup d'œil interrogateur vers Sonja.

— Il s'agit d'une copie conforme du fauteuil de volupté d'Édouard VII, et à côté, tu reconnaîtras le célèbre fauteuil d'Emmanuelle tandis que cet objet courbe au design en demi poire est un fauteuil Tantra. Il est sublime pour découvrir ou redécouvrir toute l'étendue de la palette qu'offre l'amour à ses disciples.

En guise de point d'orgue, une riche vitrine dorée à la feuille offre aux regards et à la tentation les meilleurs whiskies, portos, cognacs et armagnacs. Sonja sort un vynile d'un meuble marqueté, le dépose délicatement sur un tourne-disque et les notes suaves d'un blues de la *New Orleans* colorent la pièce d'un étrange exotisme alors que quelques centilitres de vieux whisky achèvent le pauvre Borgo qui se laisse aller dans les brancards accueillants de la brouette.

— J'y organise des soirées privées, nous dansons, jouons aux cartes, certains font de petits spectacles, chacun vient avec une dégustation originale pour le dîner, du foie gras, des fraises, des crottins de chèvre, un peu de caviar ou des pralinés. C'est notre auberge espagnole, on y trouve ce qu'on y amène et tu es le bienvenu puisque je t'y ai emmené.

Les verres teintent, ils trinquent à l'amour de la fête.

— Tu te rends compte de ce qu'on perdrait, dit Sonja, si un jour les politicards nous empêchaient de travailler ? Imagine qu'ils te collent une amende de dix mille francs à chaque visite. Pourquoi penses-tu que je me protège tellement ? Tu me crois mytho n'est-ce pas ?

— Malheureusement non, l'esprit commun pense que toutes les belles travaillent contraintes et sous la menace d'un mac, que tous leurs clients sont de dangereux détraqués et que les rapports tarifés sont fourbes alors qu'en fin de compte ils présentent au moins l'avantage de la clarté. Aucune arrière pensée, aucune obligation hors le respect mutuel.

— C'est vrai ce que tu dis. Sais-tu que les hommes ne fréquentent pas les prostituées exclusivement pour s'allonger ? Certains parlent d'eux, d'autres, au contraire, veulent qu'on leur parle d'eux, ou simplement me caresser du regard, ça c'est plus rare. Le vieux Marcel se pointe trois fois par semaine à quatorze heures pétantes, il a quatre-vingt-trois ans et bande encore comme un jeune homme. Sa femme a disparu il y a deux ans et quand il me prend il m'appelle par son petit nom. C'est tout ce qui lui reste et ça le maintient en vie, est-ce qu'il mérite vraiment que la police s'en mêle ? Et le petit Marius avec son bec de lièvre, aucune femme n'en veut, il a la vue basse et l'air un peu à l'Ouest, pourtant il ne ferait de mal à personne.

Mais Sonja et Borgo s'interrompent, un frottement sur le mur de l'autre côté du bar les stoppe net dans leurs échanges. Le son se rapproche, accroche et hoquète, traîne dans les gravillons puis s'éloigne, comme une ombre chafouine. Tous deux se regardent sans oser parler. Y aurait-il une vie dans les entrailles de l'hôtel ? Qui peut bien provoquer un tel bruit, quelqu'un halant une charge ? Les grognements perceptibles à travers la cloison faisaient penser à un gros animal ou au ahanement d'un homme chargé...

Pour rompre le maléfice et tenter de se redonner un peu de couleur, Borgo change de sujet.

— Laissons cela, après tout, les souterrains ne sont pas propriété privée, j'y étais bien moi-même ce matin. Donc je viendrai à ta prochaine soirée avec des truffes, un peu de beurre et du pain grillé, mais au paravant c'est moi qui t'invite. Lundi soir, nous fêterons Duke Ellington en secret et en privé, avec mes amis des Arts décoratifs. Une teuf dans le grand bassin des Bains municipaux. J'ai fait un repérage tout à l'heure, nous nous introduirons en douce par le souterrain qui relie l'école à la piscine. Duke Ellington vient de mourir, c'était le king, le roi du jazz et nous lui rendrons un hommage cinq étoiles à la hauteur de son génie. La soirée sera chaude, il ne faut pas avoir peur de se mouiller ni de se faire pincer, ce sera complètement hors-la-loi, c'est le but. On veut recréer l'ambiance des catacombes mais en mieux, le mot d'ordre sera musique, transgression, sex and fun.

— C'est génial ton histoire, j'en suis, vous serez nombreux ?

— Ce n'est pas encore arrêté, une vingtaine, tous déguisés en rockers déjantés, bêtes de sexe, égéries mythologiques ou monstres festifs. On se retouvera à la tombée de la nuit !

— C'est parfait pour moi, j'ai le costume qu'il faut, ciselé et sculpté sur mesure par une fille de l'atelier d'orfèvrerie de ton école. Elle travaille le contraste matériaux triviaux, matériaux nobles et recherche la congruence corps-bijoux, c'est remarquable. Je l'enfilerai ici et vous rejoindrai directement pour ne pas avoir à sortir dans la rue, c'est impossible à mettre dehors. L'étagère à alcool que tu admirais tant tout à l'heure est montée sur charnières, elle donne directement dans le souterrain.

Sonja se dirige vers une cloison, effleure une moulure et l'objet apparait soigneusement exposé dans une penderie calfeutrée de soie. C'est tellement beau que Borgo en reste coi !

—Je ne vais pas le mettre maintenant, ce serait trop long à enfiler, et puis tu le découvriras le moment venu, ce sera la surprise.

Chapitre 8

Samedi seize heures, réunion. Dans son bureau, Cédric fait le point avec Estelle et deux enquêteurs. Il leur faut en priorité retrouver la femme du défunt, tant qu'ils n'en sauront pas plus, elle et son voyageur de la Tête noire seront les seuls suspects disponibles. Donc pour l'instant ils ne les lâchent pas d'une semelle. De toute manière, coupable, complice ou victime, cette femme a quelque chose à dire et le plus tôt sera le mieux. Estelle résume la situation :

— Le corps a été amené à l'institut médico-légal et le médecin a déjà transmis ses premières conclusions. Le décès serait dû à une balle de 9 mm tirée presque à bout portant par un pistolet de calibre 38, une arme de professionnel. Par conséquent, l'hypothèse du crime de rôdeur a du plomb dans l'aile. Un voyou ne se promène pas avec une artillerie comme ça dans la poche. On a affaire à des clients sérieux, c'est préoccupant. La mort remonte à la nuit dernière, on peut la situer dans un créneau horaire compris entre minuit et deux heures du matin.

— Est-ce qu'on a la balle ? demande Cédric.

— Eh non ! Elle est ressortie comme vous le pensiez. Une bastos comme ça ! Elle a pu se ficher n'importe où, à plusieurs dizaines de mètres.

— Retournez-y demain et trouvez-la, prenez du monde et un détecteur de métaux. Il nous la faut, on a besoin des empreintes qui pourraient s'y trouver. Passez-y le temps qu'il faut, mais ne revenez pas sans la balle.

— Chef, un dimanche, tout de même !

— C'est vrai, mais vous n'avez pas plus envie que moi de voir débarquer le nouveau ministre de l'Intérieur mardi !

— OK, on fera ça. Pour le mort, les radios ont révélé une triple fracture de l'humérus et du bassin remontant à plusieurs années.

— Il faut absolument se procurer son dossier médical et enquêter sur ce point. Ce n'est pas le genre de blessure qu'on se fait en ratant une marche. Je veux savoir si c'est un accident de sport, de voiture, ou autre chose. Creusez dans sa vie antérieure, il y a peut-être une piste.

Le premier enquêteur s'est chargé de l'identité de Claude.

— J'ai fait des recherches à l'état-civil. Il se nomme Claude Bakhof, né à Aubagne dans les Bouches-du-Rhône, de père et mère inconnus, il a été abandonné et recueilli par la DDASS. Enfance ballotée de famille d'accueil en famille d'accueil, rien de bien original. Il se marie avec l'ancienne entraîneuse d'un bar de Marseille et vient s'installer en Alsace en soixante quatre. Son statut de pupille de la nation l'aide à trouver un poste de fonctionnaire, concierge aux Arts décoratifs. Ça ressemble à une page tournée, un gars qui aurait voulu quitter ses anciennes fréquentations n'aurait pas procédé autrement.

— Il faut creuser. Estelle, prenez un billet de train pour Marseille et soyez-y lundi matin. Je téléphone au commissaire et lui demande de vous mettre un homme et une voiture à disposition. Dès que vous connaîtrez votre heure d'arrivée, dites-le moi, je ferai en sorte qu'il vienne vous récupérer à la gare. Essayez de retracer le parcours de Bakhof à partir du début. Qui sont ses parents, a-t-il des frères et sœurs ? Trouvez ses amis d'enfance, ses fréquentations, ses centres d'intérêts avant qu'il ne vienne à Strasbourg. Ce mec cache quelque chose, sa vie cache quelque chose, c'est comme ça qu'on avancera.

J'ai découvert qu'il avait loué une chambre à l'hôtel Savoie, mais il n'y aurait pas dormi. Ça non plus ce n'est pas clair. On ne loue pas une chambre à trois cents mètres de chez soi sans une bonne raison.

— Ça roule, c'est comme si j'y étais déjà.

— Faisons le point sur ce que nous savons. Jeudi, un type, pupille de la nation, concierge dans une école d'art, loue une chambre d'hôtel à deux pas de chez lui. Il est aperçu le soir même dans un bar avec une prostituée qu'il quitte à vingt-trois heures. Apparemment, il ne l'a pas emmenée dans la chambre qu'il avait louée. Environ une heure plus tard il est assassiné à l'aide d'une arme de truand dans les jardins mêmes de l'école. Sa femme, une ex call-girl marseillaise, aurait pris un week-end de congé, elle est introuvable, en vadrouille extra-conjugale ou en fuite. L'examen du corps révèle d'anciennes blessures dûes à de graves traumatismes. La balle qui l'a tué est ressortie sans que nous ayons pu la récupérer et nous n'avons toujours pas l'arme du crime.

Visiblement Cédric et son équipe se trouvent en face de quelqu'un dont le passé obscur semble l'avoir rattrapé alors qu'il tentait sans doute de se faire une nouvelle vie à l'autre bout de la France.

— Bon qu'est-ce qu'on a sur ses comptes ?

— Rien d'anormal, pas de mouvements importants, son salaire qui tombe régulièrement, ses petites économies par virement mensuel. Le couple fait comptes séparés. Mais ce qui est plus curieux c'est qu'il a gardé un compte à Marseille, il y épargne 150 francs par mois ce qui n'est pas mal. Au taux du SMIC, ça représenterait une trentaine d'heures de travail. Ce qui me chiffonne, c'est qu'il ait un deuxième compte à huit cents kilomètres de chez lui. Quant à sa femme, il n'y a pas grand-chose à rajouter. Elle n'est pas dans la même banque que lui et ne fait pas de folies. Probablement qu'elle ne déclare pas ses pourboires, ça lui permet de se garder discrètement une autonomie financière.

— D'abord Aubagne, maintenant Marseille, décidément je suis sûr que c'est de ce côté qu'il faut chercher.

— Nous avons pu parler au téléphone avec le directeur de l'école, il a fait un portrait du concierge en demi-teintes. Un homme secret, peu causant. Il ne lui connaît pas d'ennemi. L'homme était plutôt apprécié et semblait avoir une relation compliquée avec son épouse. Apparemment, de nature plutôt libre, elle était malgré tout très jalouse et d'un caractère affirmé pour ne pas dire dominateur. Mais il ne faisait pas d'histoire, s'acquittait sérieusement de son travail, on pouvait compter sur lui. En plus de son service le concierge faisait un quart-temps comme assistant technique en atelier de gravure et aidait les élèves dans l'acquisition des différentes techniques, en particulier la taille douce dans laquelle il excellait. C'était un remarquable technicien, par contre ses qualités artistiques étaient déplorables.

— Faites tout de même passer le message aux gars de la télé, que la disparition de la veuve nous inquiète. J'aimerais bien qu'ils en parlent aux infos. Soit elle est dans le coup et qui sait, nous aurons peut-être des témoignages spontanés ; soit elle a fait une fugue amoureuse et elle découvrira le meurtre de son mari en direct. Si c'est le cas, nous ne tarderons pas à la voir débouler. Maintenant allez-y, Estelle, reposez-vous, si vous prenez le train dimanche soir, la nuit sera fatigante. Je vous confie mon appareil photo, emmenez-le et surtout faites en bon usage, n'hésitez pas à l'utiliser. Là en bas, je veux que vous soyez mes yeux et mes oreilles.

Chapitre 9

Samedi soir. Les dix étudiants se retrouvent pour dîner à l'Étoile autour de la grande table ronde dans la seconde salle. C'est le moment de régler les détails concrets. « On mange d'abord, on discute après », c'est Jean qui parle, il a un appétit féroce et malgré son ventre plat que Jojo ne peut que lui envier, c'est une des meilleures fourchettes de la table avec Deutsch-Marc et Maric qui eux aussi, malgré un ventre extra-plat, sont capables de dévorer le double de ce que les autres mangent. L'Étoile est leur cantine quotidienne. Ils ne consultent pas la carte, prennent ce qu'on leur sert, c'est copieux, bien préparé, des recettes simples comme on n'en trouve pas dans les boîtes à touristes. Comme tous les jours, Henry le serveur, gros sourcils, joues creuses, petite voix mais grand sourire, passe prendre leur commande, en costume rouge lie de vin, la ceinture serrée au dernier cran pour ne pas perdre un pantalon devenu trop grand.

Maintenant que le lieu de la fête est trouvé – et quel lieu – il leur faut s'entendre sur le déroulement de la soirée. Ce sera lundi à vingt-deux heures. Ils auront le dimanche pour préparer les costumes et rassembler le matériel, la journée de lundi pour acheter et compléter ce qui pourrait manquer. Rendez-vous est fixé dans le jardin à l'arrière de l'école devant la fenêtre de l'atelier de gravure. Il faudra arriver séparément et le plus discrètement possible. Pas d'attroupement dans la rue, pas de rires, pas d'éclats de voix pour ne pas attirer les soupçons. Borgo veillera à ce que la grille du jardin soit ouverte et accueillera tout le monde en vérifiant que personne ne manque. Jean prendra le relais et guidera les arrivants jusqu'à la fenêtre, ne pas oublier que certains ne connaissent pas l'école.

Deuxième question, qui participe ? Il faut renforcer la présence féminine cruellement déficitaire, il n'y a qu'une seule femme pour le moment. Quelques-uns sont en couple et viendront accompagnés. Laurent emmènera sa Marie-Do, Maric viendra avec son Agrippine préférée, une belle et grande blonde dont il veut faire la mère de ses enfants. Borgo sera accompagné de Lucie, une petite brune, belle comme un cœur, la chevelure longue épaisse et parfumée. Deutsch-Marc fera venir trois copines d'Allemagne, ça ne sera pas la première fois. Elles parlent peu le français, mais leurs sourires et leur bonne humeur, une pointe d'alsacien et le langage des signes feront l'affaire.

— On en est à neuf garçons et sept filles, dit Borgo. Cet après-midi j'ai proposé à Sonja de venir, la jeune pensionnaire de la Moustique qui pose de temps en temps au cours de Gass. Elle est ravie et on peut compter sur elle pour mettre de l'ambiance.

— Voyeeeeeeeeez-vous, je trouve que c'est une excellente idée. Voyeeeeeeeeez-vous, dit Laurent, imitant le professeur de dessin, devant une aussi gracieuse courbe de reins, une seule solution, le fil à plomb.

— Et il avait raison, on pourrait aussi demander aux JB., Jack, chanteur accordéoniste avec son impressionnant répertoire de jazz et Bridge, taille de mannequin, des petits seins à la pointe toujours dressée et jamais de soutif quand elle sort en ville. Elle inviterait Francine, sa copine danseuse du ventre, et pourrait nous concocter un show d'enfer.

— Eh bien voilà une idée qu'elle est bonne, le compte y est, on est vingt les gars. Dix filles, dix mecs, Vingt Diou la Marie, le vin ne sera pas tiré en vain, j'entends sonner les cornes d'abondance ! s'écrie Jojo dans une envolée lyrique.

Une nouvelle tournée de bières arrive, ils trinquent au Duke.

Gus, en chef de musique auto-proclamé, distribue les rôles.

— Jack et moi, on chante, on a quasiment le même répertoire, ce sera parfait. Je prendrai mon saxophone, lui son accordéon. Il nous faudrait aussi une batterie mais c'est impossible à transporter. Et si on demandait à Mô ?

— Ça, c'est une bonne idée, mais comment il va faire ton gus ?

— Doucement mon gars ! Gus, c'est Mon nom de scène à Moi, faut pas confondre avec les bruits de Mô, ça claque de la langue et ça siffle, c'est vrai que c'est bluffant mais faut tout de même pas confondre. Ceci dit, un micro et un ampli lui suffiraient pour faire le bœuf.

— Et tu veux dire quoi par là ?

— Eh bien faire le bœuf c'est comme faire un jam ! Dans le rade à Cocteau, ils se tapaient même le *Bœuf sur le toit.*

— Ohhh toi, tu commences à transpirer, méfie-toi, t'as la Kro qui perle.

— Le *Bœuf sur le toit,* c'est LE bistrot des années vingt, celui de Cocteau et de la bande des *Six*. Honegger, ça vous dit bien quelque chose ? Et Darius Milhaud ? Justement, c'est lui qui a composé *le Bœuf sur le toit*, une farce musicale, avec des travelos, un flic qui perd la tête, un nain, un boxeur, un bookmaker, c'est complètement déjanté et ça me rappelle vaguement un certain groupe de Garsd'sardec, si vous voyez ce que je veux dire.

— Gus, t'es génial ! Et si on se déguisait en *Bœuf sur le toit* ?

— OK c'est vendu, je suis partant, dit Christophe, je fais le bœuf, et toi ?

— Moi, dit Jean, je vais piquer une robe à ma mère et je ferai un des travelos, on va se marrer.

Laurent, qu'on n'a pas encore beaucoup entendu, prend la parole.

— Je veux voir ça ! J'apporte mon appareil et je fais des photos mais ça ne serait pas mal qu'un deuxième s'y colle. Qu'est-ce que tu en penses Roxane ?

— Pas de problème, j'ai un grand angle et un moteur pour les shooting en rafales.

— Et moi, dit Jean-Marc, je prends un téléobjectif pour les gros plans. Avec tout ça on est sûr de couvrir la soirée... si on a encore au moins un œil en face du trou et le bon trou en face du viseur.

Chapitre 10

— On a beau être dimanche, si le patron veut qu'on retrouve cette foutue balle, il faut la retrouver coûte que coûte.

— Ça ne sera pas simple mais en commençant par le début et en procédant avec méthode, on devrait y arriver.

Thomas et Nico, les deux inspecteurs de corvée, ont chacun un détecteur de métaux. Elles ont beau être légères et ergonomiques, tenir ces cannes à bout de bras pendant plusieurs heures lasse, fatigue et finit par faire mal. Alors ils se sont bricolé un repose-coude bien utile pour travailler longtemps et éviter les crampes. Comme ils sont malins et bricoleurs, ils ont installé un bouton leur permetant de passer du mode détection au mode pin-point dès qu'un objet métallique est dans le champ. Un piiin-poiiiiint sonore continu augmente alors au fur et à mesure qu'ils se rapprochent de leur cible. Plusieurs niveaux de sensibilité leur permettent d'affiner le travail et évitent de creuser à tout moment pour déterrer n'importe quoi. Ce n'est pas qu'ils soient feignants, mais l'utilité du travail inutile n'étant pas démontrée, on ne peut pas leur reprocher d'économiser leurs forces d'autant plus qu'il leur faut une véritable oreille de musicien pour faire le tri entre un crachotement, un son grave de métal ferreux ou un aigu de métal précieux. Un écran leur indique alors avec plus ou moins de bonheur la profondeur à laquelle il faudra creuser, la partie la plus pénible de la recherche, surtout dans un sol couvert de lierre comme ce sous-bois du jardin de l'école. Les racines en rhizomes rendent la fouille malaisée, il faut arracher le lierre et la pelle pénètre difficilement, gênée par d'autres racines plus profondes. Ce n'est pas une partie de plaisir, c'est un travail technique et assez pointu.

Pour commencer, les deux inspecteurs paramètrent la charge électrique du terrain. Si ce n'est pas bien fait, leur appareil risque d'être tout simplement aveuglé et comme ce qu'ils recherchent est très petit, il est important d'y voir clair. Ensuite ils tracent une ligne droite virtuelle et avancent systématiquement, l'un à sénestre, l'autre à dextre, se rencontrant au milieu toutes les deux allées et venues. Munis d'une petite pelle et de gants de jardinage, ils progressent lentement et rassemblent tout ce qu'ils trouvent dans trois sacs poubelle, l'un pour les objets métalliques, l'autre pour les papiers, le troisième pour le verre et le plastique. S'ils trouvent quelque chose de particulièrement intéressant, ils enfilent alors des gants de chirurgien, saisissent soigneusement l'objet et le glissent dans des pochettes transparentes à fin d'analyse. Il faut travailler systématiquement et ramasser absolument tout. C'est long et minutieux. Quand l'enquête sera terminée, ne seront gardées que les éventuelles pièces à conviction, le reste sera incinéré.

Au bout de deux heures, le terrain, les troncs d'arbres et même les briques de la façade ont été méticuleusement examinés. Les sacs poubelle se sont remplis de canettes et bouteilles de coca, tickets de bus ou de cinéma mais recèlent aussi quelques trésors, trois emballages de préservatifs, signe que ce jardin est bien vivant, une enveloppe vide, des papiers de sandwich, là aussi la vie conserve ses droits. Thomas se met à rigoler en imaginant un jeune boutonneux tirer son coup derrière les buissons et sortir son casse-croûte en disant « c'est bon mais ça creuse » ! Il y a aussi un petit carnet de croquis qui retient son attention, un moleskine aux pages remplies de notes et de dessins. Des plans de bâtiments reliés entre eux par des traits bleus ou rouges. Sur certaines pages des suites de lettres et signes typographiques sans aucun sens, des majuscules, des minuscules, des parenthèses à l'envers. C'est énigmatique et abîmé, partiellement déchiré et chiffonné mais tout de même lisible. On verra ce qu'en dit le patron, pour le moment, l'urgence est de servir un petit café gardé, pour l'heure de la pause, bien au chaud dans une thermos. Il va leur falloir faire marcher le moulin à neurones pour attaquer la suite des recherches. Le patron a été clair, ne revenez pas les mains vides. Il y a bien le carnet, mais qui dit que c'est un indice ? Ce qu'il faut, c'est la balle et ce n'est pas gagné. Déçus de ne rien avoir de sérieux à ramener et un peu fatigués, ils s'asseyent devant le bassin. Thomas enlève ses chaussures et ses chaussettes et plonge avec délice les pieds dans l'eau fraîche.

— Tu vas empoisonner les poiscailles si tu mets les pieds dedans.

— Parle pour toi, j'ai mis des chaussettes propres ce matin.

— Peut-être mais si tu ne t'es pas lavé, ça ne sert à rien.

— Sers-moi du café au lieu de dire des conneries. J'aurais bien aimé qu'on trouve cette balle, mais dans un si grand jardin, c'est comme chercher une anguille dans un marsouin.

— C'est toi qui dis des conneries, qu'est-ce que ton marsouin vient faire là dedans ? C'est de te faire sucer les doigts de pieds par les poissons rouges qui te fait dérailler ?

— Dis-voir à propos de poisson rouge, tu sais qu'on n'a pas encore sondé le bassin ?

— Un bon point pour toi, tu as raison, il va falloir que tu mettes les pieds dedans et y aller à tâtons à la main parce que nos poêles à frire ne supporteront pas la baignade.

— Heureusement que le fond est maçonné et qu'on a de l'eau que jusqu'aux mollets, tu t'es lavé les arpions ce matin ?

— Ce n'est pas drôle. Moi j'enlève mon futal et j'y vais en caleçon.

— Moi aussi, sinon on sera trempés.

Le fond a beau être propre, il y a quand même deux centimètres de vase, ça glisse et il vaut mieux éviter de tomber. Thomas et Nico y vont centimètre par centimètre. Presque chaque fois qu'ils caressent le fond, ils en ramènent une pièce de monnaie. Ce n'était pas prévu au programme mais ça rend la fouille plus attractive. Au bout d'une heure on aurait dit qu'ils avaient vidé le tronc de Saint-Guillaume. Il y a plus de pièces jaunes que blanches, la pêche est bonne quand même.

— On va pouvoir s'offrir un restau avec tout ça.

— Tu rigoles, s'il y a dix balles c'est un max.

— C'est trop de la balle ! Ça porte bonheur ! Tu viens à peine de dire balle que je mets la main dessus, regarde si c'est pas ce qu'on cherche, je veux bien m'appeler Arthur.

Nico et Thomas poussent un hurlement de joie.

— On l'a eue, je ris de la voir si balle.

— Balle d'hasard, tu as eu du bol.

— Balthazar toi-même, balle de match, plutôt !

Ils la glissent presque religieusement dans une pochette plastique immédiatement scellée et déposée dans une mallette. Thomas fait des photos de l'endroit ou ils l'ont trouvée. Il escalade le monument aux morts pour faire un cliché d'en haut et permettre une vue d'ensemble, situer d'un seul coup d'œil le lieu où reposait le corps par rapport à celui où la balle a été découverte.

— Il nous reste encore le jardin du concierge à examiner côté rue. On a presque fini, je suis content.

Les deux inspecteurs contournent la maison et se remettent au travail, cette fois-ci il n'y a plus de pièce de monnaie. Le secteur, assez rapidement couvert, ne livre que quelques canettes de Coca, des paquets de cigarettes vides et de vieux papiers froissés. Nico se rapproche de la maison. Quand le tas de bois aura subi le test du radar, leur travail sera terminé mais un nid de guêpes dérangées vrombit, lui faisant faire un pas en arrière. Le biper de son détecteur semble se prendre au jeu avec un grondement sourd. La machine et les insectes se sont donné le mot.

— Ne t'affole pas, à tous les coups, c'est la hache du concierge.

Pourtant il semble que non, le biper donne carrément de la voix. Un son grave et de plus en plus puissant. Nico passe en mode pin-point et le signal devient continu, signe d'une masse métallique importante. Comme il ne voit rien, il se prend à espérer.

Les deux hommes posent leurs appareils et dispersent les bûches quand tout d'un coup le tas de bois accouche d'un flingue, un Walter P38, l'arme qu'ils n'espéraient plus trouver.

— Il était planqué dans le tas de bois et on a failli ne pas le fouiller.

— On est les meilleurs, c'est Mann qui va être content !

— Allez, on replie le matos, il n'y a plus rien à trouver ici, *we've done the job*, on a fait le boulot. Enfin du concret dans cette enquête, pourvu qu'il y ait des empreintes exploitables. On file déposer tout ça au labo et je t'invite à midi. Ma femme a préparé du poulet basquaise et j'ai un petit Bordeaux rosé au frais.

— Super, *let's go, take us away*, on se casse, emmènenous, j'ai les crocs !

Ils rassemblent le matériel, les sacs, la mallette avec les principaux indices et filent les déposer à l'usine avant de passer un coup de fil à Cédric Mann.

— Bravo les gars vous avez fait un travail remarquable. Je préviens le labo, qu'ils se mettent tout de suite au boulot. Grâce à vous ils seront privés de dimanche, vous allez vous faire des copains !

Chapitre 11

Sept heures de voyage, malgré une couchette dure mais confortable, ce n'est pas idéal pour démarrer la journée. Chaque arrêt en gare produit les mêmes grincements et sifflements, les mêmes annonces au micro et les mêmes interruptions sporadiques d'un sommeil déjà suffisamment léger sans cela. Nous sommes lundi, il est six heures trente et Miko, l'enquêteur de la PJ de Marseille, récupère Estelle à la descente du train.

— Je vous dépose à la taule, il y a une douche et tout ce qu'il faut pour vous r'quinquer. Ensuite nous irons prendre un p'tit déj sur le vieux port. Nous n'avons pas de croissants fourrés comme chez vous en Alsace, mais vous verrez, les tartines beurrées avec de la confiture de cassis, c'est tout simplement divin. Est-ce que vous trempez le pain dans le café ou vous le prenez grillé ?

— Grillé, je préfère.

— C'est bon signe, je m'entends rarement avec les gens qui trempent. C'est vulgos, le gras du beurre fait des yeux dans le caoua, et j'aime pas qu'on me regarde sous le nez surtout quand je viens de m'lever. En plus une fois sur deux on s'en met plein la cravate, au prix d'un nettoyage, ça fait cher le café. Faites vite, je crève la dalle, j'ai encore rien pris ce matin !

La douche est bienvenue, drue et bouillante comme elle l'aime. Estelle s'en repaît, histoire de capter suffisamment d'énergie pour tenir une longue journée, coincée entre deux voyages de plus de huit cents kilomètres chacun. C'est exactement ce qu'il faut pour se vider les accus si elle n'y prend garde. Deux traits d'eyeliner, un coup de brosse dans une coiffure du même nom et elle rejoint Miko dans une Renault six bleu poulet, trente-quatre chevaux, sept cents kilos toute mouillée et cent vingt kilomètres/heure, s'il n'y a pas de vent contraire. Pas vraiment un foudre de guerre mais il n'y a pas si longtemps, c'eût été une 4L, et là on descendait pour pousser dans les côtes. Il n'y a que quelques centaines de mètres pour rejoindre l'avenue Vaudoyer ; ça tombe bien parce que les estomacs demandent du renfort. Voilà le vieux port et son bistrot. Estelle profite du moment, une mini-pause au bord de l'eau avant d'attaquer, ça ne se refuse pas. Une demi-heure du cliquetis des drisses sur les mâts des bateaux de pêche, du concert de cris des mouettes, du crachotis d'un moteur de barque sous la bienveillance d'une sirène de chalutier. Tout ce qui fait l'ambiance d'un week-end au bord de mer. Ajoutez à cela l'odeur du café, le beurre qui fond sur du pain grillé encore tiède. Dommage que son compagnon soit resté à Strasbourg, demain elle lui racontera les bruits et les couleurs, la brise mêlée aux relents de pétrole, le petit déjeuner sur le port, tout un poème… Le métier de policier a ce trop rare avantage : voyager et rencontrer des gens ; elle ne se verrait pas pointer, faire ses huit heures et recommencer tous les matins. Entre un jus d'orange et un deuxième café, Estelle dresse le topo à son collègue : le concierge, son mystérieux compte bancaire à Marseille, son enfance chaotique, et pour finir une mort violente digne d'un roman noir. Une demi-heure plus tard, ils se retrouvent à la DDASS rue Saint-Sébastien dans le sixième arrondissement, là où tout a commencé. Les bureaux n'ouvrant qu'à neuf heures, Miko a heureusement pu joindre le directeur par téléphone. Il arrive dans les cinq minutes, ça leur fait gagner un temps précieux. Miko et lui se connaissent et n'en sont malheureusement pas à leur première collaboration dans une enquête de police, les enfants de la DDASS sont plus exposés aux pressions quand ce n'est pas aux dépressions, voire les deux combinées. La consultation des dossiers n'est pas longue, mais il y en a tout de même pour une bonne heure à identifier sur un registre la bande magnétique adéquate, la rechercher dans l'armoire ignifugée, la monter sur un lecteur, la lire et en transcrire sur papier les données intéressantes pour l'enquête. C'est le travail de la secrétaire. Heureusement, elle leur indique la machine à café qu'Estelle met à contribution. Ils se font un long caoua bien chaud puis elle profite de l'instant pour s'assoupir et reprendre du terrain sur les nuits passées et à venir. Un petit rayon de soleil et un quart d'heure plus tard, elle rejoint Miko, plongé dans le journal du matin et dans l'actualité. C'est sa passion et l'avenir ne va pas le décevoir, la rubrique faits divers lui rappelle son enquête en cours à Marseille. « La *Triade du Papier Blanc,* fortement soupçonnée du meurtre d'un joueur de poker, utilise des méthodes radicales pour faire passer l'envie aux petits malins de suivre un mauvais exemple. » Crime de sang froid ou acte crapuleux, dès qu'Estelle n'aura plus besoin de lui, il faudra qu'il reprenne le dossier. Le travail ne manque pas, la pègre ne connaît ni dimanches, ni jours fériés.

Quand la secrétaire vient les trouver, son dossier sous le bras, elle affiche un grand sourire. Estelle ne regrettera pas son voyage. Il apparaît que Claude aurait un frère, Carl. Il se serait engagé à la Légion étrangère à l'âge de 18 ans, puis l'aurait quittée suite à de graves blessures. Séparés à la naissance, ils ont grandi dans des familles différentes. Il y a un an Claude a fait les mêmes recherches qu'eux et découvert l'existence de son frère jumeau. Voilà l'information de première importance qui va lui permettre d'en savoir plus sur son client. L'enquête démarre enfin, maintenant tout va s'enchaîner, elle le sait. Il faut absolument retrouver ce frère.

Miko la ramène au commissariat et la met en contact avec les RG qui peuvent leur fournir quelques renseignements. Le personnage de Carl prend forme, un homme d'une bonne cinquantaine d'années, sculpteur de talent et pourtant vivant mal de son art. Il n'exerce ni poste d'enseignement ni activité régulièrement rétribuée, aucun travail annexe ou petit boulot. Le directeur du journal local lui voue une grande admiration et lui a commandé de nombreuses œuvres à titre personnel ou pour les différents organismes qu'il préside. C'est ainsi qu'on peut retrouver un groupe de deux naïades et une sirène au siège de la section d'activité économique du port au beau milieu d'une somptueuse entrée de marbre. La salle de conférence du journal est ornée d'un magnifique Apollon offrant sa lyre à Orphée, une composition gracieuse associant feuillages et rochers aux deux personnages mythologiques. Dans les jardins de la clinique de la Charité, une divinité grecque tend la main droite pour offrir son secours à une mère et son enfant tandis que, de la main gauche, elle donne un quignon de pain à un pauvre hère. Cette dernière pièce avait été exposée dans un salon des arts à Paris où elle avait obtenu un grand succès d'estime. Malgré ça il ne parvient pas à percer dans le microcosme des critiques et des musées. Sans doute est-il perçu comme un homme du passé, trop classique, trop lisse. Il vit dans son atelier, un terrain vague dans les dunes à l'arrière des entrepôts. Une sorte de blockhaus en béton au bord de la mer, datant de la dernière guerre. Estelle n'en espérait pas tant, à peine descendue du train les événements s'enchaînent déroulant le fil de l'enquête comme la lecture d'un roman.

Lundi 27 mai, dix heures et demie, les voila partis sur les traces de l'artiste. Son blockhaus n'a pas été facile à trouver, perdu dans les dunes, l'adresse est vague, pas balisée, le lieu est à l'écart de tout. Après avoir rebroussé chemin à trois reprises et s'être fourvoyés dans des allées improbables, ils arrivent enfin à localiser l'atelier. Leur voiture à moitié ensablée sur un talus herbeux, ils approchent d'une palissade en planches de chantier délimitant l'aire de travail du sculpteur. Heureusement qu'il ne pleut pas, l'approche deviendrait carrément impossible sans bottes. Rien n'est viabilisé, il n'y a que du sable et des rochers. Devant la palissade, une jeune femme d'une petite trentaine d'années assise l'air pensif semble absente et ne fait pas attention à eux. Estelle s'approche.

— Bonjour madame, nous recherchons Carl Bakhof, un sculpteur. Est-ce bien ici, pouvez-vous nous dire où le trouver ?

— Bien ici… n'est pas là… est parti mardi… mais ne sait quand reviendra.

Elle a l'air fatigué, une élocution trouble, les yeux dans le vague.

— Êtes-vous sa compagne ou son épouse ? Pouvez-vous nous parler de lui ? Nous sommes de la police criminelle et aimerions l'interroger à propos de son frère. Il s'est fait assassiner à Strasbourg et nous tentons d'en dresser le portrait. Pouvons-nous entrer un instant ?

— Qu'est-ce que vous dites ? Assassiné, quelle horreur ! Claude assassiné !

La jeune femme se décompose, son visage déjà triste s'assombrit encore, son regard se brouille, elle ferme les yeux, des larmes jaillissent silencieusement en grosses gouttes. Elle dénoue ses longues jambes fines, secoue lourdement sa chevelure blonde et entrouvre le portail. C'est un bien grand mot pour une bien petite chose.

Quelques morceaux de bois, quelques clous, des affiches dont on se demande si ce n'est pas elles qui maintiennent le tout. De très belles peintures murales cohabitent avec des inscriptions ordurières ou politiques. Les spécialistes parleront de street-art, d'autres de tags ou de vandalisme. Ils auront tous un peu raison. La palissade est une accumulation de signes et de couleurs formant un ensemble vibrant et malgré tout cohérent. Une œuvre formée d'œuvres, une mise en abyme diraient les pros de la métalangue artistique. Slogans, logos, pensées empruntées aux écrivains, journalistes, pamphlétaires se partagent l'espace avec des portraits en noir et blanc de Nietzsche, Malraux, Camille Claudel, Ferdinand Cheval, une vraie *Maison du chaos* en miniature... tout un programme.

— C'est Claude Bakhof qui fait tout ça ? demande Miko.

— Non, les portraits sont de Kill_239, un ami grapheur. Il aimerait vendre et exposer à New York l'été prochain, mais le voyage plus les frais de galerie ne lui laissent pas grand gain à espérer, en admettant qu'il vende. Alors, il ne sait pas... Les autres tags sont de plusieurs amis artistes, c'est un mur d'expression en perpétuel mouvement. Régulièrement de nouvelles interventions enrichissent ou parfois même recouvrent les anciennes. Certains grapheurs s'invitent sans qu'on les connaisse, ils viennent parfois en notre absence, c'est dans le logique du concept. Il n'y a jamais de vandalisme, les artistes se respectent entre eux. L'œuvre appartient d'abord à ceux qui la regardent, puis d'autres la découvrent et s'en emparent avant de la céder à de nouveaux venus qui l'enrichissent à leur tour.

Estelle arme l'appareil photo et prend le plus de clichés possible, il faut que Cédric Mann voie ça.

Le fort, à lui seul, est déjà étonnant d'un point de vue architectural. Composé de trois parties : octogonale au centre et cylindriques sur les flancs, un traitement du béton marqué d'empreintes et de rugosités le dissimule dans les rochers. De faible hauteur, il se noie dans le paysage, le rendant difficile voire impossible à repérer depuis la mer.

Elle fait quelques pas pour suivre la jeune femme, faible sur ses jambes, elle cherche appui sur la porte de fer. La peinture en a été partiellement attaquée à la ponceuse, laissant apparaître çà et là des traces de minium, du métal nu et rouillé combiné aux restes des différentes couches de peinture accumulées au fil des ans. L'ensemble forme une surface très graphique et assez gestuelle proche de *l'action painting* de Pollock, un artiste qui peignait par projections, coulures et taches informes. C'est coloré, ça vibre, c'est puissant, une sorte de dialogue intéressant et vivant en réponse à la palissade, une forme différente de graphisme, moins politique et plus visuelle. L'ouverture de la porte déclenche une crise de panique au sein d'une colonie de blattes peuplant le sol. Elles s'enfuient en éventail et disparaissent immédiatement de leur vue, laissant la désagréable impression que se trame dans leur dos un plan de reconquête de l'espace passant par les mollets, brrrrrrr ! Une sorte de présence vibrante tapie dans l'ombre des micro-anfractuosités du béton donne la chair de poule. Les murs sont noirs de suie, une non-couleur pourtant chaude et riche de multiples variations passant du noir profond le plus sombre aux demi-teintes, se jouant des rugosités de l'âtre, s'accrochant aux aspérités en dégradés gris. En cause, une cheminée à foyer ouvert accueillant des flambées de bois vert. Il est vrai que Carl et sa compagne ne stockent pas le bois et se chauffent avec ce qu'ils peuvent ramasser dans les alentours, bien souvent des palettes abandonnées. Les cendres sont aussi grises que le lieu, attendant une flamme prochaine pour reprendre leur couleur de braise. L'espace peu éclairé est monacal à une exception près, elle fait sursauter Estelle. Un immense flacon de parfum carré surmonté d'un bouchon noir trône sur le rebord de la cheminée. Il en émane une fragrance à la légère teinte jaune clair, finement mâtinée de vert tendre. Comme si les odeurs pouvaient avoir des couleurs, et pourtant… Le soleil se faufilant un passage par une meurtrière darde violemment un fin rayon de lumière brute directement sur le flacon. Le nouveau *Cristalle* de Chanel vient à peine de sortir et c'est dans ce lieu totalement improbable qu'elle le découvre pour la première fois. Elle a beau être flic, elle a beau porter un jeans, elle sait ce que ça vaut et ne cache pas une surprise à l'image du contraste, saisissante !

— Vous n'avez pas les moyens de vous chauffer mais vous achetez du parfum de luxe en jéroboam, faudra m'expliquer !

— C'est un cadeau de Claude, nous nous sommes rencontrés un 29 septembre et depuis il me fait un cadeau tous les 29 septembre.

— D'accord mais là, ça dépasse le montant du petit cadeau qui entretient l'amour.

Progressivement sa vision s'accoutume à l'ombre du lieu et Estelle balaye l'atelier d'un regard circulaire, un regard professionnel qui scrute, analyse et mémorise. Dans un coin devant la fenêtre, une estrade en bois de récupération surmontée d'une chaise maculée de traces de plâtre blanchâtres fait face à un socle sur lequel sommeille une masse recouverte de torchons humides.

— C'est un buste en terre glaise, intervient la jeune femme. Entre deux séances de pose, Carl l'enveloppe de tissus humides pour pouvoir en reprendre le modelage à tout moment sans qu'il ait séché. Quand il s'absente plusieurs jours, je l'arrose en même temps que les fleurs. La chaise est là pour permettre au modèle de prendre la pose, les séances sont longues, deux à trois heures à chaque fois.

Estelle opine de la tête et sort son petit carnet. Il faudrait que je vous pose quelques questions, voulez-vous bien y répondre ? La jeune femme s'assied ou plus exactement se laisse tomber sur la chaise, son visage s'est teinté de gris à l'unisson de l'environnement.

— Quel est votre nom et quel est votre rapport avec monsieur Bakhof ?

— Je suis Véronique Eliaste et nous vivons ensemble depuis deux ans.

— Ici ?

— Oui, c'est spartiate mais c'est un artiste et il a besoin de vivre au contact de la matière, de ses outils, de la terre. Le matin il sculpte, de la pierre d'Euville, sa préférée, il la fait venir de Lorraine grâce aux commandes de son mécène. Elle est très blanche et son grain fin permet de ciseler les visages et les mains avec beaucoup de précision. En début d'après-midi il modèle le buste que vous venez de voir, ou plutôt que vous n'avez pas vu sous ses torchons. C'est le moment où je le sens le plus heureux, il chante à pleine voix et ses modèles adorent ça. Généralement, il s'arrête vers seize heures et alors, pour se délasser les doigts, dessine pendant deux bonnes heures, souvent de mémoire, c'est un remarquable dessinateur. Il puise son inspiration dans la forme changeante des nuages ou dans les branches d'un arbre. Son imagination n'est jamais en reste. Il est capable de reproduire n'importe quelle scène, imaginaire ou non, avec une précision et une virtuosité exceptionnelles.

À nouveau, le regard d'Estelle saute d'une étagère à l'autre, elle se plonge avec crainte et attirance dans le désordre organisé de l'artiste. Le mur du fond se divise en grands carrés d'un mètre sur un mètre, séparés par une planche fixée au mur dont la seule fonction semble de proposer des supports sur lesquels il devient facile de clouer, visser, accrocher ou suspendre. C'est ainsi qu'un visage moulé en plâtre se cache à moitié derrière une blouse et un tablier de sapeur, un couple d'amoureux enlacés sculpté dans la pierre blanche rivalise avec le buste d'un jeune garçon en granit noir poli. Un petit bougeoir transformé en lumignon accroché à deux mètres du sol laisse pendre son fil torsadé reliant deux objets comme tenus en laisse, mais faute de prise électrique, il ne sera jamais allumé. Au premier plan un bloc de pierre d'au moins deux tonnes laisse entrevoir les hanches et les jambes de la femme allongée que le sculpteur a choisi d'en faire émerger.

— Comment fait-il pour sculpter ces corps ? Un modèle vient sur place, ou est-ce vous qui posez pour lui ?

— Non, Carl travaille en taille directe et sans modèle. Il a parfois besoin de moi pour affiner des poses de mains, comprendre des torsions particulières de pied ou des raccords d'articulation, mais dans l'ensemble il suit un imaginaire servi par une mémoire visuelle exceptionnelle. De temps en temps, quand nous allons en ville et que nous prenons le tram, il peut, entre deux stations, esquisser un personnage pour une future composition qu'il tracera sur d'immenses chutes de papier kraft de plus de deux mètres. C'est son plaisir. Il récupère le papier pour rien à la cartonnerie à deux kilomètres d'ici, en échange il fait le portrait des ouvriers.

— Est-ce qu'il préfère la sculpture ou le modelage ?

— Je crois que son domaine de prédilection est le modelage. Vous vous rappelez de l'histoire de Saint-Exupéry à qui on avait demandé de dessiner un mouton ? Il avait dessiné une caisse et répondu, tu n'as qu'à imaginer que le mouton est dedans. C'est comme ça qu'il voit la sculpture, savoir faire apparaître ce qui est dans un bloc de pierre en enlevant le superflu et ne gardant que le nécessaire. C'est toute la différence d'avec le modelage. On y ajoute de la matière petit à petit, la malaxe et l'écrase jusqu'à ce que naisse la forme.

— Comment trouvez-vous votre place là-dedans, vous n'avez pas d'appartement à vous, une cuisine, un endroit où dormir qui ne soit pas le lieu de travail de votre compagnon ? Ce doit être difficile de vivre au milieu de tout cela.

— Vous savez, quand j'ai connu Carl, il était marié avec trois enfants. Nous avons vingt-cinq ans de différence et pourtant notre rencontre fut une telle évidence que nous n'avons pas hésité un seul instant. Ça a été un vrai conte de fée. Il a tout abandonné à sa femme, meubles, argent, souvenirs et nous avons redémarré de zéro. Nous n'avons qu'une casserole, une cuillère et un couteau, au repas nous nous les passons à tour de rôle. Quand l'un mange, l'autre se sert.

— Une belle forme de communautarisme, est-ce que vous vous êtes mariés ?

— Non, ce n'est pas possible. Il n'est toujours pas divorcé. Ma situation est un peu particulière vous savez, je viens de terminer des études de théologie et une licence en histoire de l'art. Comme je suis d'une famille très pratiquante, mes parents ne comprennent pas que je vive avec un homme marié, ils me sermonnent, mais pour le mariage, il faudrait au moins que le divorce soit prononcé. Son épouse s'y oppose tant qu'elle n'a pas perdu tout espoir de le récupérer. Alors je me satisfais de ce que j'ai et vis de petits boulots, principalement du soutien auprès d'une association caritative où j'occupe un temps partiel de secrétariat. Ça nous assure le minimum de revenus pour manger et nous acheter des bougies.

— Mais vous n'avez même pas de sanitaire ici, comment faites-vous ?

— Il y a la lande sinon un papier journal fait l'affaire, nous le mettons en boule et le jetons au canal à la nuit tombée.

— Effectivement, c'est spartiate, pourtant les œuvres de Carl vous rapportent bien quelque chose, non ?

— Oui, sinon nous ne pourrions pas chauffer en hiver. Heureusement que nous vivons dans le Sud, c'est plus facile de ce point de vue. Ce qu'il reste de ses ventes après avoir payé la pierre et le transport nous permet d'aller à Marseille une fois par mois. Alors, nous sortons le grand jeu, généralement un restaurant puis une soirée à l'opéra municipal.

— C'est tout ce dont vous disposez pour vivre ?

— Il y a son frère. Carl n'en soupçonnait pas l'existence il y a un an encore, ils avaient été séparés à la naissance et, depuis qu'ils s'étaient retrouvés, étaient devenus très proches. C'est Claude qui avait fait des recherches à la DDASS puis il avait fait son enquête, questionné les familles d'accueil dans lesquelles Carl avait été placé jusqu'à ce qu'il arrive à nous retrouver. C'était leur histoire à eux deux, ils n'en parlaient à personne. Ils avaient conscience d'avoir retrouvé une sorte de trésor et avaient peur de le perdre en le montrant au grand jour. Alors ils avaient des projets sur lesquels Claude nous avançait cent cinquante francs par mois. Eh voilà qu'ils sont à nouveau séparés. Ce sera dur pour lui, je ne sais pas comment il va s'en remettre.

— C'était quoi au juste leurs projets ?

— Aucune idée, de temps en temps ils se rencontraient mais Carl n'en parlait jamais.

La jeune femme se tord les poignets, retenant des sanglots, l'émotion est trop forte.

— Je comprends votre douleur, nous avons presque fini, est-ce que Carl serait monté en Alsace ces derniers temps ?

— Je ne peux pas vous le dire, il prétendait avoir une affaire importante à régler mais je n'en sais pas plus. Il est parti vendredi matin avec une brosse à dents et des gravures sur cuivre, c'est un excellent graveur, sans doute avaient-ils un projet d'édition en commun. Peut-être voulait-il profiter des presses de l'école dans laquelle travaillait son frère, je n'en sais rien, il ne me parlait pas de ses projets avant qu'ils ne soient aboutis. Il aurait dû revenir dimanche soir. Repassez en fin de journée, il sera certainement là. Je suis inquiète, comme toujours quand il part mais nous n'avons pas le téléphone, donc j'attends et prie en attendant son retour.

— Il s'absente souvent pour plusieurs jours ?

— Ça lui arrive, il est discret sur les motifs de ses déplacements et je ne lui pose pas de questions. Carl pense que parler d'une affaire avant qu'elle ne soit conclue porte la poisse, il est un peu superstitieux, je le comprends et je respecte son silence.

— Et pendant ce temps, vous dormez seule dans son atelier ?

— Non je vais chez une amie peintre, elle en profite pour me dessiner, elle a son atelier dans le blockhaus voisin, c'est à deux cents mètres, vous le voyez d'ici.

Estelle prend des notes, fait à nouveau des photos et observe cet environnement si étrange. Des dessins à la craie noire faits à même le béton servent de liant entre les multiples objets. Le « Beau » est présent partout et pourtant c'est un capharnaüm infernal. Comment une aussi belle jeune femme peut-elle vivre dans ces conditions et s'en satisfaire ? Les artistes attirent Estelle alors qu'elle ne comprend pas leur monde étrange, c'est la première fois qu'elle s'y frotte d'aussi près, mais de retour à Strasbourg, elle se promet d'emmener son mari aux journées portes ouvertes des ateliers d'artistes.

La silhouette de Miko s'inscrit dans l'ouverture de la porte.

— Mam'zelle Estelle, y-a vot'tôlier qui vient d'appeler, ils ont retrouvé la dame du mort, faudrait qu'vous l'appeliez !

— OK, on rentre à Marseille. Madame Eliaste, vous, vous ne quittez pas la région sans nous prévenir, voici ma carte. Surtout appelez-moi quand votre compagnon rentrera, c'est un témoin capital pour l'enquête. Il est probablement le dernier à avoir vu son frère vivant.

Chapitre 12

Un café dans une main, le combiné de bakélite noire dans l'autre, Estelle appelle son chef. À l'autre bout du fil, Cédric Mann lui résume la situation. Une balle et un pistolet ont été retrouvés dans le jardin de l'école, les analyses sont en cours pour déterminer si l'une a bien été tirée par l'autre. La femme du concierge, complètement paniquée, a déboulé rue de la Nuée-Bleue après avoir lu le journal ce matin. Elle revenait effectivement d'un week-end de charme si on peut le dire ainsi, ils avaient pris un petit hôtel à la campagne et ne pensaient pas rentrer avant ce matin. Son ami l'accompagne. Ils sont actuellement en garde à vue. On les a séparés avant de les interroger cette après-midi.

Estelle fait part à son chef du déroulement de sa matinée, la principale information étant que Claude avait un frère jumeau, ce qui pourrait expliquer la chambre réservée à l'hôtel Savoie au nom de C. Bakhof. Il aurait fait un passage à la Légion étrangère. Miko se chargera de se renseigner sur cette période, ce ne sera pas simple, c'est un corps qui cultive le secret. Cela renforce Cédric dans son intention de visiter le veilleur de nuit tout à l'heure à sa prise de service. Il se félicite d'avoir envoyé son assistante à Marseille et lui demande de prendre le premier train pour Strasbourg, les informations restant à glaner sur place n'étant pas essentielles. Au besoin, Miko fera le lien et leur donnera un coup de main. Maintenant, il faut qu'il aille en salle d'interrogatoire.

Le policier se charge de l'homme en premier, préférant laisser mariner la femme dans son jus et l'interroger plus tard. Le labo a transmis ses conclusions, la balle provient effectivement du P38, c'est indéniable par contre il n'y a qu'une empreinte partielle sur la munition et aucune sur le pistolet. C'est à peine mieux que rien, ça ne va pas être simple de mettre les suspects en examen avec si peu de biscuit, à moins qu'ils ne craquent. S'il a pris son temps avant de les interroger, c'est pour avoir le plus de renseignements possibles sur ce Gaël Régenaud, un personnage qui bouge beaucoup. Son secteur commercial couvre la France, l'Allemagne et la Suisse, il est toujours sur les routes et couche presque tous les soirs dans une ville différente.

Cédric entre dans l'aquarium, la salle d'interrogatoire et se cale sur le siège en face de lui, regard d'encre et mine de plomb, décidé à le déstabiliser au maximum.

— Nom, prénom, date de naissance, domicile ?

— Monsieur le commissaire, j'ai déjà dit tout cela en long et en large à votre agent. Vous n'avez qu'à le lui demander.

— Ce n'est pas la réponse à ma question.

— Pourquoi devrais-je répéter ? Ce ne serait tout de même pas que vous vous méfiez de lui ? Ça m'étonnerait qu'il vous raconte des craques.

— Effectivement, vous par contre c'est moins sûr... Qu'est-ce que le crack vient faire là-dedans ? Vous dealez de la drogue maintenant ?

— Ça ne va pas non ! Vous dites n'importe quoi, je n'ai jamais touché à de la blanche.

— De la blanche... je vois, c'est de mieux en mieux.

— Mais vous êtes complètement à l'Ouest, il faut vous faire suivre, je suis représentant de commerce et pas gangster.

— Modérez vos propos, je pourrais ne pas apprécier. Nous disons donc : crack, blanche, guerre des gangs, dites voir, on dirait que votre avenir se coiffe de cumulonimbus.

— OK si vous le prenez comme ça, je préfère reprendre au début : je m'appelle Régenaud Gaël, né le 26 août 1940 à Marseille.

— Tonnerre de Brest, on n'entend parler que de Marseille dans cette affaire. Un compte bancaire à Marseille, un frère jumeau à Marseille, en plus j'apprends par les RG que vous avez acheté un bar à l'Estaque, c'est toujours et encore Marseille. Ça commence à bien faire tout ça. Racontez-moi ce que vous faisiez vendredi soir à Strasbourg ?

— Attendez, vous mélangez tout, et qu'est-ce que c'est que cette histoire de frère à Marseille ? Je ne peux pas avoir de frère, je suis fils unique. Je n'y comprends plus rien à votre histoire.

— Eh bien moi non plus voyez-vous, et je compte sur vous pour m'éclairer. Donc vendredi soir ?

— Vendredi soir, madame me servait à dîner à la Tête noire, tout le monde peut vous le dire, le restau était plein. Puis nous sommes partis en week-end à la campagne tous les deux.

— « Dîner à la Tête noire », ça sonne comme un titre de film policier, mais ce n'est certainement pas un alibi. Avant de partir en week-end vous êtes passé chez elle prendre une valise, ou alors elle voulait se changer, ou donner à manger aux poissons rouges, qu'est-ce que j'en sais… et c'est là que vous êtes tombés sur son mari.

— Non ; elle est passée chez elle ! Moi je l'attendais, garé le long de Saint-Guillaume, devant le Diable bleu, elle ne voulait pas qu'on voie ma voiture près de sa maison. Je vous jure que je n'ai rien à voir dans cette histoire.

— Ce n'est pas joli-joli que de charger votre amie. Vous n'allez pas me faire croire que vous l'avez laissée se promener seule dans la rue à minuit ?

— Si justement, elle le fait tous les soirs, et c'est elle qui voulait, alors un soir de plus…

— Il va falloir que vous trouviez beaucoup mieux pour me convaincre, pour le moment j'ai un peu de mal à vous croire. Ou vous un êtes un goujat hors catégorie, et je m'y connais, il y en a pas mal qui défilent ici, ou vous ne me dites pas tout.

— Je vous jure que je vous ai dit la vérité. Je n'étais pas loin, je pouvais quasiment la suivre des yeux. Où est le problème ?

— Le problème ? Vous voulez que je vous dise où est le problème ? Je crois que vous vouliez recruter Estelle Bakhof pour lui faire reprendre ses anciennes activités de call-girl à votre profit. Maintenant que vous êtes patron de bar, vous faites le tour de vos contacts et vous faites votre marché. Vous devez connaître un paquet d'entraîneuses avec la vie que vous menez. Et moi, je crois que ça n'a pas plu à son mari. Ce n'est pas vraiment le profil à se laisser piquer sa femme sans tousser. Il pourrait bien vous avoir donné du fil à retordre, peut-être plus que vous ne l'auriez imaginé. Vous avez sorti un flingue et vous l'avez dégommé.

— Je suis en plein cauchemar. Vous n'allez tout de même pas me soupçonner du meurtre de cet imbécile ?

— Nous y voilà, cet imbécile ! Pourquoi imbécile ? Vous avez essayé de lui acheter sa femme, il n'a pas voulu comprendre et s'est braqué ?

— Mais c'est vous qui êtes complètement braqué, ça ne s'achète pas une femme. Pourquoi voulez-vous absolument me coller ce truc sur le dos ? Vous n'avez aucune piste et vous êtes incapable de faire votre boulot.

— Ne faites pas le malin Régenaud, nous avons retrouvé le révolver et la balle qui sont actuellement à la scientifique. Quand le labo les aura examinés, vous ferez beaucoup moins le fier.

— Alors là, ça m'étonnerait. Vous ne pouvez rigoureusement rien contre moi tout simplement parce que je ne suis pas l'homme que vous recherchez. Ça ne me concerne ni de près, ni de loin, que vous preniez un microscope ou un chien renifleur, que vous me menaciez ou me torturiez, vous ne trouverez rien de chez rien parce qu'il n'y a absolument rien à trouver. Arrêtez de pédaler dans la choucroute et cherchez ailleurs, vous n'êtes pas au bon numéro !

— Soit. Je peux vous garder trois jours et je crois bien que c'est ce que je vais faire. Retournez-donc dans votre cellule, on va voir ce que dira votre petite amie, elle a peut-être des choses à nous raconter.

Cédric quitte l'aquarium pour la salle de mixage, de l'autre côté du miroir, et s'adresse à ses inspecteurs qui ont suivi toute la scène.

— Vous le sentez comment ?

— Il n'a pas l'air coupable et sa dernière tirade est plutôt convaincante surtout que dans le fond il n'a pas tort, on n'a rien contre lui à part qu'il s'est barré avec la femme de Bakhof. Mais le coup de laisser la meuf seule dans la rue à minuit, ça ne colle pas ! Y'a un loup.

— Oui, je pense comme vous. Bon, on va passer à la gonzesse, on va bien voir ce que ça donne. En tout cas, vous avez raison, on n'a pas lourd contre eux. Après tout, c'est peut-être aussi parce que ce n'est pas eux qui ont fait le coup.

Les gardiens ramènent le prévenu en cellule et le remplacent par Agathe Bakhof. Cédric décide d'y aller au bluff.

— Alors comme ça vous reprenez du service dans le bar de votre petit ami à Marseille ?

— C'est lui qui vous a dit ça ? Il est gonflé, je n'ai pas encore accepté.

— C'est tout comme, vous allez redescendre à Marseille et votre mari s'y est opposé.

— Ce n'est pas vrai, il ne pouvait pas le savoir, on n'en a parlé que dimanche et je n'ai pas encore donné ma réponse.

— OK, admettons. Racontez-moi ce qui s'est passé vendredi soir.

— Gaël est venu dîner au restaurant, ensuite il m'a proposé de partir tous les deux dans une auberge à la campagne.

— Et vous êtes passée chez vous chercher des affaires après votre service, Régenaud est tombé sur votre mari, ils se sont engueulés et il l'a tué.

— Non c'est impossible, je ne voulais pas qu'il m'accompagne à la maison, justement pour éviter ça.

— Éviter quoi, c'est un violent, vous l'avez déjà vu menacer quelqu'un ? Est-ce qu'il a une arme ?

— Oui, il a un pistolet, mais il a un permis, il est dans un club de tir et je ne l'ai jamais vu menacer ou se battre avec quelqu'un, c'est tout le contraire.

— Tout le contraire, vous me permettrez de douter. Alors c'est peut-être vous qui vous êtes engueulée avec votre mari ?

— Non, il n'était pas à la maison, j'ai pris le minimum pour le week-end et j'ai filé. Je ne voulais surtout pas le croiser.

— Moi je crois que vous l'avez vu à la maison et que vous lui avez fait une scène parce qu'il avait passé la soirée avec une fille dans un bar.

— Comment vous savez ça ?

— Ah ! Vous voyez que vous ne me dites pas tout ! Alors comment voulez-vous que je vous croie ? Donc, vous tombez sur votre mari, il s'emporte, vous saisissez une arme et tirez pour vous défendre. C'est de la légitime défense, vous n'aviez pas le choix.

— C'est faux, c'est faux, c'est archi-faux. Je ne l'ai pas croisé ce soir-là.

— Vous savez madame Bakhof, nous avons retrouvé l'arme et la balle. Elles sont actuellement au labo et quand nous aurons les conclusions des scientifiques, je ne donnerai pas cher de votre peau ni de celle de votre ami. Ils sont très forts pour faire parler les indices.

— Vous avez l'arme, c'est génial ! Donc vous aurez la preuve que ce n'est pas nous. Il ne peut pas y avoir d'indices puisque ce n'est pas nous.

— OK, Madame Bakhof, je veux bien vous croire, le labo nous confirmera tout cela. Maintenant il nous faut encore accomplir une tâche difficile, vous devez nous accompagner et identifier le corps de votre mari.

Cédric Mann décide de la faire amener à la morgue de l'institut médico-légal. Il voudrait également juger de ses réactions quand elle sera en présence de la victime. De toute manière c'est un passage obligé. Un planton l'emmène dans sa 404 de service. Lui préfère l'attendre là-bas et l'observer discrètement quand elle se retrouvera en face du défunt. Ce rendez-vous toujours douloureux est instructif. Il est arrivé que des armures se fendent en de telles circonstances.

Agathe s'installe à l'arrière de la Peugeot. La voiture descend la rue de la Nuée-Bleue, emprunte la grande ceinture par les boulevards en direction de l'hôpital civil, une véritable ville dans la ville avec sa muraille, sa tour, ses portes, ses contes et légendes, sa pharmacie du seizième siècle, sa circulation réglementée et comme dans toutes les agglomérations, ses problèmes de parking. La vieille 404 s'immobilise dans un grincement de frein à main.

Les bâtiments sont anciens, hauts plafonds, portes moulurées, grandes fenêtres avec fermetures à l'espagnolette. Pour Agathe, c'est une plongée dans l'inconnu. À l'accueil, le guichetier lui fait signer le registre d'entrée, le policier doit également y mettre ses nom et matricule. La morgue est mieux gardée que le palais de l'épiscopat, il ne faudrait pas que les cadavres se carapatent. Des couloirs carrelés éclairés de barres de néon, une double porte à verre cathédrale, encore un couloir et c'est le seuil de la chambre froide. Le parcours semble long et l'angoisse lui serre le cœur quand la porte s'entrouvre. Un brancard veille au milieu de la pièce. Il est recouvert d'un drap, les traces de plis forment de grands carreaux sur lesquels elle fixe son regard pour éviter de penser à ce qui l'attend. Une femme en blouse blanche vient à sa rencontre. Elle l'accompagne jusqu'au corps et marque une pause avant d'en dévoiler progressivement le visage à Agathe. C'est un choc, elle se mord les poings devant la dépouille, fait un mouvement de tête et murmure « ce n'est pas possible, ce n'est plus vraiment lui, pourtant c'est bien lui » et elle se couvre le visage de ses mains pour sangloter en silence. Cédric, qui était au fond de la pièce vient à elle et la prend par l'épaule, il éprouve un moment de compassion pour les yeux rougis et le visage gonflé de cette femme, mais se reprend rapidement.

— Venez madame, vous avez du courage, je vous remercie. Nous ne pouvons pas encore vous remettre les effets de votre mari, ils sont au labo mais dès que l'enquête sera terminée, vous pourrez les récupérer. Vous êtes libre, nous allons vous ramener chez vous. Ne sachant où vous trouver ce week-end, nous avons dû y perquisitionner en votre absence. Mes hommes ont des consignes strictes, tout a été remis en place. Si malgré tout, vous trouviez quelque chose d'anormal, n'hésitez pas à me le dire. Maintenant je dois vous laisser, le policier qui vous a amenée va vous reconduire. Votre ami sera libéré dans l'après-midi. Sachez que nous faisons tout pour retrouver l'auteur de ce crime.

Pendant ce temps, à Marseille, Miko fait une recherche de routine sur la compagne du sculpteur, histoire de confirmer ses dires. Sa vie est plutôt surprenante, fille de marin, ayant étudié le chant et le piano au conservatoire de Marseille, doctorante en histoire de l'art plus une année de théologie pour se perfectionner en iconographie religieuse, cette jeune femme est non seulement fort belle mais cultivée et intelligente ce qui, sans être incompatible, ne cadre pas d'emblée avec la rusticité qu'elle partage avec son amant de sculpteur...

Quoique… Par contre ses recherches à la Légion étrangère sont intéressantes. Carl s'est engagé quand il était jeune, c'était pour fuir sa vie de merde. Il espérait voir du pays, ça n'a pas duré, il a été grièvement blessé en Cochinchine et a dû renoncer à une carrière militaire. Il s'est alors lancé à corps perdu dans la création artistique.

Miko envoie un télex à Strasbourg. Ce n'est plus son problème, sa journée va pouvoir enfin démarrer, il va se replonger dans ses dossiers.

Chapitre 13

Lundi soir, Cédric Mann pousse la porte de l'hôtel Savoie, il est dix-neuf heures trente, le passage de relais au veilleur de nuit. Physionomiste, il reconnaît tout de suite Borgo, c'est une surprise, il ne s'attendait pas à ça.

— Dites-voir, ce n'est pas vous que j'ai aperçu au Diable bleu hier matin ?

— Si effectivement, je suis élève aux Arts déco et je fais les nuits trois fois par semaine pour compléter ma bourse et essayer de vivre normalement, ça me paye le restau et les sorties.

— Alors comme vous connaissez Bakhof, peut-être pourrez-vous me dire si vous l'avez croisé à l'hôtel ?

— Non, mais j'ai vu qu'il avait réservé une chambre, ça m'a surpris et j'ai pensé que c'était un homonyme.

— Si ce n'est lui c'est donc son frère.

— Je n'ai pas tout compris, le concierge avait un frère ?

— Oui, un artiste, sculpteur et graveur de talent semble-t-il. Que savez-vous de Bakhof ?

— Il était discret, on le voyait aux pauses d'interclasses. Pas vraiment heureux en ménage, mais pas vraiment malheureux non plus. En tous les cas il fallait qu'il se baisse pour passer les portes, sa femme lui faisait porter des cornes de grand cerf.

— Et ça ne créait pas de conflit ? Avait-il des ennemis ? Un ancien amant de son épouse avec qui il aurait eu des mots ?

— Pas à ma connaissance. Je crains de ne pouvoir vous être bien utile.

— OK, je vous remercie, si quelque chose vous revient parlez-m'en, je vous laisse une carte, bonne nuit si je peux dire.

Cédric Mann s'efface et prend le chemin de la gare, il fallait faire cette visite mais elle ne lui a pas été d'une grande utilité. Sa collègue ne va pas tarder à arriver. En attendant il réfléchit à cette gémellité qui vient compliquer son affaire. Que se passait-il entre ces deux frères pour que l'un complètement fauché vienne voir le second à huit cents kilomètres de là ? Voulait-il postuler comme professeur aux Arts déco ? Un poste de modelage ou de dessin ? Il faudra vérifier s'il y a un concours de recrutement à venir. Avait-il un problème financier urgent dont il n'aurait pas voulu parler au téléphone ?

Cédric stationne sur les places réservées à la police, va saluer ses collègues du poste et s'installe au bistrot de la gare avec un verre de lait, histoire de soulager son estomac en famine, avant de rentrer dîner. C'est presque l'heure des infos et la télévision est allumée, autant en profiter. La France sort d'une campagne présidentielle. Son nouveau chef d'État, Valéry Giscard d'Estaing, compose le gouvernement et le policier attend avec impatience le nom du successeur de Chirac au ministère de l'intérieur. Les journalistes se perdent en conjectures mais ne savent rien pour l'instant, quelques noms circulent comme d'habitude. Au rayon des faits divers, la mort du concierge de l'école d'art fait jaser. Les supputations les plus fantaisistes s'appuient sur la réputation sulfureuse et au demeurant totalement infondée de ses étudiants. Pourtant, ils ne sont pas plus fêtards que les médecins et certainement plus travailleurs que certains lettreux. À Marseille, un homme s'est fait assassiner d'une balle en pleine tête, l'enquête s'oriente vers le milieu du jeu. Sur la RN4 un camion citerne s'est retourné heureusement sans prendre feu et les Nations-Unies approuvent la création d'un fonds d'aide aux pays pauvres. Rien d'intéressant pour ce soir, c'est demain qu'on connaîtra enfin la composition du nouveau gouvernement. À peine la mire de l'ORTF apparaît-elle que le micro annonce l'arrivée imminente du train de Vintimille, c'est celui d'Estelle, il n'aura pas le temps de voir le début des *Faucheurs de marguerites,* sa série préférée sur les pionniers de la conquête du ciel. De toute manière il la rate une fois sur deux et ce soir en fait partie.

Cédric dépose un franc pour régler son verre de lait, ramasse ses clés et file sur le quai numéro un. Le train entre en gare au même moment, s'immobilise dans un concert caractéristique de crissements rouillés et libère une foule atone de passagers fatigués. Estelle apparaît parmi les premiers, plus légère que les autres, elle n'est pas encombrée de bagages. Cédric l'accueille et ils marchent silencieusement jusqu'aux escaliers. Alors seulement il ouvre la conversation.

— Est-ce que vous avez pu prendre quelques clichés intéressants ?

Il ne le lui avoue pas, mais c'est la raison qui l'a amené à la prendre à la gare. Il veut voir ce qu'elle a vu, développer ses photos, faire des tirages, les punaiser au mur et les observer longuement en fumant un cigare et sirotant un whisky à la saveur tourbée.

— Oui j'ai fait des vues de l'atelier du sculpteur. Vous verrez, à l'extérieur, c'est un sacré bordel si je peux me permettre l'expression. Je ne vous en dis pas plus, vous jugerez par vous-même. Cédric la remercie et récupère son appareil. Tous deux sont impatients de clore la journée, il la raccompagne et se presse de retrouver son épouse et son petit-fils, s'il n'est pas encore couché.

Chapitre 14

Lundi, vingt-et-une heures trente, Jean et Borgo poussent la grille des Arts déco et se placent en retrait dans l'ombre du muret de clôture. Il n'y a pas d'habitation en face de l'école, l'usine de la Seita est fermée à cette heure et la seule maison qui fait le coin des rues Calvin et Saint-Guillaume n'a de vue que sur le trottoir mais pas sur le jardin. Ils peuvent attendre les autres tranquillement. Borgo est habillé en rocker, tee shirt noir avec tête de mort, une ceinture à trois rangées de clous, une bague d'argent à l'annulaire, également à tête de mort mais tirant une langue garnie d'un piercing qui bouge avec un micro-cliquetis satanique, l'œuvre d'Astrid, une amie en atelier d'orfèvrerie. Il porte des chaussures de cowboy en crocodile et peau de python, un pantalon de cuir hyper serré qui lui moule le cul et les balloches, et pour compléter son look d'enfer, une chaîne de petits crânes d'argent détourne le regard vers la toison frisée de son torse d'éphèbe. On n'aimerait pas le croiser le soir, seul dans la rue.

Lucie l'accompagne et comme elle s'est déguisée en trans-genre, ils sont venus en voiture, il faut dire qu'elle n'a pas fait les choses à moitié. Une perruque coiffée en brosse, cheveux blonds et courts à la GI. Son maquillage noir de drag-queen lui donne un air dur de junkie déjantée alors que ses deux seins toujours aussi beaux apparaissent libres de toute contrainte à travers le décolleté de sa chemise largement déboutonnée. Une veste qui n'en est pas une habille son corps merveilleux de fines lanières de cuir enserrant son buste, ses hanches, ses cuisses et s'arrêtant aux mollets. À ce moment une paire de bottines prend le relais propulsant ses talons à quinze centimètres au-dessus de leur niveau habituel. Du coup les mecs n'ont qu'à bien se tenir parce qu'elle est brutalement passée à un mètre soixante-quinze. Comme si ça ne suffisait pas elle s'est sanglée un énorme gode noir dont elle masque la perpétuelle érection d'une jupe qui ne tient de la jupe que par le nom tant elle est courte. Pour asseoir un peu plus son autorité, un martinet de lanières tressées est fiché dans sa ceinture. Sa peau mate, déjà bien bronzée par le soleil de printemps, apparaît nue, gainée de lacets de cuir. L'effet est saisissant, elle se tient à côté de Borgo et tous deux s'assurent discrètement que tout se passe bien. La soirée doit rester secrète.

Jean a comme promis tapé dans la garde-robe de sa mère. Il s'est teint les cheveux en noir. Un bandana rouge à paillettes dorées lui enserre la tête dévoilant de splendides boucles d'oreille « art nouveau ». Ce sont des copies évidemment, mais elles sont si belles. Imaginez une sirène dont la queue s'enroule et se mêle à l'écume des vagues, sa chevelure formant ses propres arabesques, le tout enchevêtré, brillant d'un éclat irisé de zirconium. La grâce féminine et la puissance marine se conjuguent à merveille en entrelacs de courbes sensuelles. Rien que ce bijou lui vaudrait le prix du plus beau costume. Une gitane andalouse. Sa robe serrée et nouée à la taille court jusqu'au sol, masquant des bateaux pointure quarante-quatre habillés de mocassins brodés et ornés de perles couleur rebelle. L'amour est un oiseau que nul ne peut apprivoiser, pas même Jean.

Les suivants à arriver sont Laurent et Marie-Do, un très beau couple dans un très beau coupé Giulia 1968 rouge sang de bœuf. Déguisée en *show girl* burlesque, elle s'est accroché dans le dos une quantité phénoménale de plumes d'autruche en volutes rouges, roses, carminées et violettes. Une couronne de fleurs de soie lui ceint le front tandis qu'y tintinnabulent une ribambelle de verroteries suspendues à des chaînettes argentées. Sous ses yeux au vert d'émeraude, un maquillage noir laisse finement pleuvoir des pointes de sable jusqu'à l'extrémité recourbée de moustaches rouge vermillon qui ne sont autre que sa lèvre supérieure voluptueusement repeinte d'une main de maître, celle de Laurent. Le résultat est époustouflant, délicieusement androgyne et troublant. Un body sans bretelles exhibe avec audace une gorge pigeonnante et des bas de résille à grandes mailles se chargeront de tournebouler les mâles les plus machos du plateau.

Laurent en boxeur sur-vitaminé est drapé d'un peignoir sous lequel il arbore une musculature en plaquettes de chocolat à faire tomber les midinettes en pâmoison. Bronzé toute l'année, beau comme le David de Michel-Ange, il s'est confectionné un body de cuir rouge dans un vélin d'agneau chiné de longue date pour une pareille occasion, genre de petit maillot pour ne pas dire string, avec une échancrure tellement gigantesque à l'avant qu'elle transforme ce qui reste du vêtement en bretelles. Autant dire qu'il est à poil, une évidence pour la soirée piscine qui s'annonce ; ces dames ne vont pas s'ennuyer. À son épaule, une sacoche de photographe professionnel, un pied photo et deux bouteilles de champagne sortant à peine du frigo, tout va bien.

Maric se pointe dans la foulée, grand et distingué, il a choisi d'être ce soir et pour toute la nuit le bookmaker, le parieur anglais à l'élégance british : chemise à jabot de coton et dentelle blanche, boutons de manchette en tête de mort dorées avec incrustation de perles dans les orbites, faux-col de chemise à pointes et petits pois turquoise, smoking de satin noir et, nec plus ultra du chic parisien à défaut d'être londonien, une rose bleue à la boutonnière. Il est rayonnant, seules ses chaussures, des claquettes bicolores blanc et noir affichent malgré un cirage méticuleux l'air fatigué que leur confère sa passion de danseur. Maric affiche un large sourire de vainqueur, il est superbement accompagné par Agrippine sa cavalière en costume queue-de-pie, noir, texture satin, moulant son petit derrière de la manière la plus gracieuse. Chaussures strassées de pierres bleues Swarovski et chemise de soirée tendance bobo chic ouverte jusqu'au nombril orné d'un piercing cœur de diamant enchâssé d'or blanc. Sa poitrine reste tout de même discrètement masquée, prête à jaillir de sa cachette à la première sollicitation, torsion de rein ou danse du ventre. Maquillée à la poudre d'or, bijoutée comme une princesse, elle s'appuie sur une canne à pommeau de bronze argenté représentant une femme alanguie nue. Un bouton poussoir dissimulé dans le fût en ébène actionne un jet d'eau à partir du sexe de la femme qui permet de remettre à leur place de manière sophistiquée des admirateurs trop empressés. De profil, avec ses cheveux courts, c'est un homme, de face c'est une bombe entretenant subtilement son apparence de dandy des années folles.

C'est au tour de Jojo, un carton de champagne rosé sous le bras qu'il a rafraîchi toute la journée dans le frigo de son père en remplacement de ses canettes de bière. Ce soir, j'en connais un qui doit râler sévèrement avec une mousse tiède à l'apéro. Jojo s'est habillé en limonadier aveyronnais. Un béret de feutre sur le caillou marque, avec l'incontournable moustache ramasse-miettes son attachement au stéréotype franchouillard. Il n'a pas oublié de remonter son pantalon rayé jusque sous les aisselles et le maintenir par des bretelles en élastomère beige boutonnées devant et derrière. Un petit gilet garni de poches à monnaie complète son profil de serveur de brasserie, mais, en homme prévoyant, il a remplacé les pièces par une série de préservatifs variés et cocasses dont le clou est indéniablement la capote à crête de coq multicolore qu'il a achetée en Allemagne dans un distributeur automatique. Probablement taillée dans du caoutchouc de chambre à air, elle est davantage destinée à la gonflette façon ballon de baudruche qu'à une hypothétique enfilade sur le sgeub.

Jean et les cinq premiers se dirigent jusqu'à la fenêtre de l'atelier de gravure alors qu'arrivent Mô et Gus, les deux musiciens portant un même tee-shirt de Pink Floyd *Wish you were here* « souhaiterais que tu sois ici »... « Deux âmes perdues nageant dans un aquarium » dit la chanson comme spécialement écrite pour l'occasion, sauf que l'aquarium de ce soir fera vingt-cinq mètres de long. Le dessin de leurs tee-shirt ressemble à première vue à un engin spatial intergalactique, une sorte d'arme de science-fiction, en fait c'est beaucoup mieux que ça, il s'agit d'une poignée de mains de robots, des mains de fer sur un cercle divisé en quatre couleurs et quatre éléments, air, eau, terre et feu. Mô arbore des dreadlocks bicolores jaunes et noires nouées en arborescences tentaculaires dressant vers le ciel des pattes de migale poilues et Gus est affublé d'une perruque afro bouclée rose bonbon avec des lunettes à verres teintés. Ils sont pieds nus, les jambes de pantalon coupées au niveau du mollet. Leurs éclats de rire et leur enthousiasme complice augurent de l'ambiance à venir. Ces deux-là s'entendent comme larrons en foire.

C'est au tour des JB, ils avancent main dans la main, le pas allègre, l'air réjoui, la mine épanouie, une marque de fabrique chez ces éternels heureux. Jack et Bridge connaissent Borgo depuis longtemps, ses soirées déjantées, ses côtes de bœuf légendaires, leur goût commun pour le Bordeaux et le whisky pur malt, mais c'est la première fois qu'ils rejoignent le groupe Arts déco. Ils l'avaient soufflé à Borgo, « si un jour tu fais une sauterie avec tes potes de l'école, garde-nous une place ! ». Avec l'accordéon, c'était l'occasion rêvée. Ils sont habillés et coiffés à la Elvis Presley ; lui en salopette de soie blanche, pattes d'éph et Rayban miroir ; elle en robe blanche incrustée de pierres colorées et lunettes à épaisse monture dorée. Le col relevé d'au moins vingt centimètres nappe une voluptueuse chevelure blonde coiffée en arrière. Son décolleté taillé en pointe vient mourir à l'orée du nombril, une ceinture de chaîne dorée protégeant pour le moment l'abysse vénusien des regards, mais ça ne va pas durer, c'est déjà presque une illusion tant la robe est courte et légère. De splendides cuissardes vernies montent à l'assaut de ses longues jambes cuivrées. Le paradis est à fleur de peau, elle en sera la muse et son Jack l'Apollon. Un Apollon rock star, banane, cheveux gominés, chevalière et bagues extravagantes, enrobé d'une voix chaude et envoûtante, son meilleur atout pour faire craquer les filles. Leur costume est soigné dans le moindre détail jusqu'à l'accordéon blanc nacré serti de magnifiques rubis elliptiques. Avec Gus, Jack et Mô, le show sera musical et royal. Francine, la copine de Bridge aux superbes yeux vert tendre, est plus en douceur et moins provocante. Pourtant c'est la table-top danseuse de l'EEG, le dancing de Mickey Letto, célèbre patron des nuits strasbourgeoises. Elle y a emprunté un triple spot ultra violet, rouge et vert. Quand sonnera minuit, Francine a promis de faire le plus beau numéro de strip-tease de sa vie. En attendant et pour ne rien dévoiler de son spectacle, elle est la seule à pouvoir se promener dans la rue sans provoquer d'esclandre. Aussi sage qu'une jeune fille de bonne famille, elle cache son jeu sous une robe plissée pour mieux le dévoiler, pour mieux nous dévoyer, le moment venu. Ambiance, ambiance…

Il ne manque plus grand monde, Roxane fait son apparition en 2CV fourgonette, entre Christophe et JM, habillée, on devrait plutôt dire déshabillée en dresseuse de fauve. Au sud, un triangle de fourrure en cache une autre tout à fait inexistante, même punition à l'est et à l'ouest, deux mini crackers de poils félins tentent sans succès d'occulter sa poitrine fort généreuse cependant qu'une aréole ose une apparition audacieuse, hissant un œil coquin par dessus un bonnet mal ajusté. Roxane au balcon, Cyrano aux tisons, à ce rythme les pauvres garçons ne tiendront pas le coup bien longtemps. Christophe en professeur Tournesol manque d'en avaler son chapeau melon et réajuste ses petites lunettes rondes en tentant de desserrer de deux doigts son col d'ecclésiastique tandis que JM fume comme une centrale à vapeur sous un képi et une cape d'hirondelle, il ne lui manque que le vélo. Belle idée de se grimer en policier !

Deutsch-Marc, le sérénissime, arrive bon dernier. Déguisé en sultan des Sures Krutés royales, il avance, entouré de trois des plus belles vierges de son harem, sauf qu'en vrai elles ne sont pas plus vierges que les autres. Le sultan a délaissé ses Gauloise sans filtre au profit d'une longue pipe au goût suave. Finement taillée dans la jade, il en émane d'émoustillantes fragrances opiacées mettant nos épithéliums olfactifs cul par dessus tête. Il nous présente ses trois compagnes, la délicieuse Herta et ses deux sosies de Frankfort, toutes trois blondes aux yeux bleus, nimbées d'un voile si impudique qu'on en frissonne au premier regard. Leurs visages sont partiellement occultés par des loups de dentelle noire finement brodés et garnis de centaines de mini-perles noires de Tahiti. Le groupe est complet, Jean les aide à franchir l'entrée par la fenêtre de l'atelier de gravure et les rassemble dans le couloir au sous-sol devant la porte de la chaufferie. Il se ceint le crâne d'une lampe frontale, en confie une seconde à Borgo, l'un et l'autre devant encadrer le carnaval de bambocheurs en route pour la noce du siècle.

CHAPITRE 15

L'épouse de Cédric, sachant qu'il ne se couchera pas avant minuit, lui prépare son dîner préféré. Des knacks avec de la moutarde et du raifort accompagnées de *Roejgebraadeldi*, des pommes de terre finement coupées, jetées crues et sautées dans une poêle, servies avec un verre de Petit Chablis. De quoi lui redonner du courage pour la soirée. Cédric apprécie ce moment de calme avec son épouse. Ils ne parlent jamais de ses enquêtes à table. Plus tard ils regarderont ensemble les photos qu'il va tirer après le repas et ensuite, ils les commenteront. Ce sera l'occasion de débattre, observer les images, juger les contrastes ou la composition, reconstituer les histoires qu'elles racontent et, si cela se présente, parler business, mais ce n'est pas toujours le cas. Les mots viennent ou ne viennent pas, selon qu'ils se présentent ou non. Impatient, Cédric boit son café brûlant et passe tout de suite au labo, la chambre noire, rouge devrait-on dire à cause de l'éclairage inactinique.

Pour être à l'aise plus que pour se protéger, Cédric enfile une vieille robe de chambre et des *schlappes*, des pantoufles pour ceux qui ne parlent pas l'alsacien. Ce petit air Einstein de professeur chercheur savant ou de poète décadent lui permet de quitter mentalement son boulot. Un délicieux lâcher-prise dans l'abîme du délire passionnel. Pourtant les codes ne sont pas moins sévères dans la photo que dans la police. Même autoproclamés, ils peuvent se révéler impitoyables. Librement choisis, ils n'en sont pas moins rigoureux ni méticuleux, on s'use les yeux au labo à traquer les poussières et guetter l'apparition d'images qu'il faut savoir cueillir au bon moment. Cédric embobine la pellicule encore dans son appareil, la récupère et l'enroule soigneusement sur une spire qu'il enferme dans une cuve de développement. L'opération est délicate, si elle est ratée, les photos ne seront pas bonnes quels que soient les efforts qu'il déploiera. Le temps du trempage dans les bains chimiques, l'agitation d'un coup de poignet toutes les quelques secondes, la température des produits, tout compte, tout concourt à la qualité finale : révélateur, rinçage, fixateur, agent mouillant et séchage. Le tirage d'une planche contact vient en fin d'opération confirmer la perfection des négatifs et leur parfaite reproductibilité. Au bout d'une heure, il a toutes les photos en format vingt-quatre trente-six réunies sur une planche. Cédric sort du labo, la dépose sur la table basse du salon et scrute les images à la loupe pour sélectionner les clichés les plus intéressants à agrandir. C'est là que les choses deviennent intéressantes, ce n'est plus de la technique, on rentre de plain-pied dans le cœur de l'image. Le choix tombe sous le sens, il n'est pas long à faire, les vingt-quatre vues sont toutes bonnes.

Cadrée ou éclairée différemment, chacune raconte la même chose mais à sa façon. Dans deux heures il les aura toutes tirées, Cédric s'enferme dans le noir et se met au travail. D'abord choisir son papier comme un dessinateur choisit son crayon, dur ou doux, sec ou gras. Ce sera du format dix-huit - vingt-quatre en gradation moyenne, il n'est pas nécessaire de chercher à accentuer les contrastes, la lumière était bonne le jour des prises de vues. L'un après l'autre, il fait glisser les négatifs entre les plaques de verre. Nettoyer les poussières, régler la mise au point, exposer le papier photo à la lumière de l'agrandisseur et le développer dans la chimie. Les images apparaissent progressivement dans les bassines, déformées par le lent mouvement qu'il imprime au liquide pour accélérer ou durcir le tirage. Quand il juge l'image bonne, suffisamment dessinée, il faut vite la retirer du révélateur et la tremper dans un bain de blocage avant qu'elle ne s'assombrisse et ne perde du détail. On rince, on fixe, on re-rince dans l'agent mouillant pour éviter les traces d'eau au séchage et on suspend au fil comme des chaussettes, avec une pince à linge. Ensuite on recommence avec la seconde image, puis la troisième et ainsi de suite. Deux heures ne suffisent pas, il était un peu optimiste, mais dans l'action le temps se déforme à son tour. Absorbées par la passion, les heures oublient les minutes et ne vivent plus que de secondes.

Minuit, Cédric va enfin pouvoir admirer son œuvre. Doris quitte le fauteuil qui lui avait gentiment tendu les bras durant la soirée alors qu'elle s'était assoupie. Ils étalent les photos sur la table de la salle à manger, commencent à les observer en croquant silencieusement du chocolat blanc et comme ce qui se marie le mieux avec le chocolat blanc est le calvados, Cédric s'en réchauffe une grosse larme au creux de la paume. Il trempe à peine les lèvres dans le liquide tiédi, s'en humecte les muqueuses avec un plaisir gourmand.

— Les jeunes ne respectent pas les morts. Regarde comme ils ont taggé le monument des Arts déco, fait remarquer Doris, il y en a partout.

— Bah, ce n'est que de la peinture, et il n'y en a qu'au dos du monument. Est-ce que tu sais combien de morts sont tatoués dans le dos ?

— Ce n'est pas une raison, moi je ne suis pas tatouée.

— Peut-être, mais tu n'es pas morte et puis tu es à moitié à moué, hi-hi. Certains tags sont de vraies œuvres d'art, regarde celui-ci, on dirait des caractères chinois et pourtant bien de chez nous. On croirait un sigle *peace and love* à l'envers, un Y dans un rond et tout autour il y a ces lettres impossibles à lire.

— Passe-moi la loupe que j'essaye de déchiffrer : TPB, qu'est-ce que ça peut vouloir dire ?

— Je ne sais pas moi, T'es Pas Baisable, par exemple ?

— Merci, je vous en prie monsieur l'inspecteur général, c'est peut-être aussi T'as une Petite Bite ! Non mais !

— Mais non je rigole ! À moins que ça ne veuille dire Tigre de Papier de Birmanie.

— Je préfère nettement ça, c'est plus joli et c'est poétique, va pour le tigre de papier. En plus le Y ressemble à une feuille de lotus et les anciens en faisaient du papier, n'est-ce pas ?

— Ce que je trouve magnifique, c'est la maison du sculpteur. Cette porte rouillée est superbe, Estelle a bien réussi ses photos. Il faut dire que la lumière est belle dans le Sud, ça aide.

— Moi j'adore la bouteille de parfum sur la cheminée et le rayon de soleil qui vient s'éclater dessus comme une étoile filante.

— Évidement pour une femme ce n'est pas étonnant.

— Plains-toi, comme si tu n'étais pas fier d'avoir une épouse que tes collègues jalousent.

— C'est vrai, j'admets.

— Regarde un peu sa clôture, une véritable œuvre d'art, mieux que le mur de Berlin. Dommage qu'on n'ait pas les couleurs, j'aurais aimé voir ça.

— Hey Doris, je ne te savais pas branchée *underground* ? Si tu veux, après l'enquête, on passe une semaine à New York, on se fait les galeries d'art et une soirée au Carnegie Hall. Jeudi, Shirley Bassey y passe en concert. Avec un peu de chance elle nous chantera le générique des *Diamants sont éternels*.

— Ah mon James Bond, si tu me prends par les sentiments, je sens que tu n'es pas encore couché… Qu'est-ce que tu dirais de mettre un tigre dans mon moteur, grand fauve à moi ?

— Mais volontiers ma fauvette. Dis-voir à propos de tigre, regarde de près ce sigle sur la palissade. Prends la loupe, il ne te rappelle pas quelque chose ?

— Nom d'une pipe, le Tigre de Papier ! C'est le même que sur le monument des Arts déco. Tu crois au hasard toi ?

— Dans mon métier jamais, il faut absolument vérifier ça. Et pas plus tard que demain matin, je vais téléphoner aux flics de Marseille, leur demander s'ils ont une idée de ce que peut vouloir dire ce logo. J'aimerais qu'on tienne un indice, nous n'aurions pas perdu notre soirée. Maintenant au lit et que ça saute !

— Mais très volontiers, dis-voir tu marches au super ce soir ?

Chapitre 16

Ils sont dix-neuf dans le couloir du rez-de-chaussée, expédition surréaliste pour fêter dans ce lieu improbable le départ de Duke Ellington. Borgo s'adresse à ses amis :

— Le passage sous terre n'étant pas éclairé, j'ouvrirai la voie avec une lampe frontale et en profiterai pour chasser les araignées. Je vous rappelle, pour votre bien-être, que sur les quarante mille variétés d'arachnéides connues, une seule la Bagheera est végétarienne, encore qu'avec son nom on puisse en douter. Les trente-neuf mille neuf cent quatre-vingt dix-neuf autres sont carnivores, mais comme elles ne sont pas cannibales, vous n'avez qu'à faire la bête à deux dos, ça vous fera huit pattes. Elles vous prendront pour l'une des leurs et ne vous mangeront pas. Jean, en homme courageux, fermera la marche avec la seconde lampe frontale. La traversée durera environ cinq minutes. L'odeur de soufre que vous remarquerez en remontant à la surface est celle des enfers. Vous admirerez la forge d'Hadès, encore en activité, et parviendrez après quelque marches au purgatoire, la lingerie si vous préférez. Vous serez alors à deux doigts du paradis et les souffrances du voyage vous paraîtront soudain bien faibles à côté de l'Elysée, merveille des merveilles qui nous accueillera jusqu'à l'aube. Courage ! Affrontons les peurs ancestrales de cave et faufilons-nous dans l'étroit boyau ! Hardi les Ardec ! Formation en serpent ! À la une, à la deux, à la trois, go !

Applaudissements, sifflets et claquements de dents à la queue leu-leu. La troupe s'ébranle, se meut, s'émeut et s'engage. Jean tire la porte derrière lui, nous sommes dans l'antre, les deux éclairages frontaux projettent les ombres bossues de silhouettes écrasées par un plafond à un mètre trente seulement du sol. Les trente-huit pieds traînent en vacarme dans le gravier, couvrant et accompagnant l'émotion qui transpire dans le silence des jeunes gosiers. Si ce foutu Borgo n'en avait pas rajouté avec ses conneries d'araignées ! La faible hauteur rend le déplacement difficile pour ceux qui ont du matériel à transporter, mais il n'y a qu'une bonne cinquantaine de mètres à parcourir. Maric et Deutsch-Marc ont les plus grandes difficultés à plier leur taille de mannequin aux exigences du lieu. Tantôt à genoux, tantôt accroupis, ils font de leur mieux quand soudain un hurlement de terreur les fait sursauter. Leurs deux têtes vont heurter le plafond avant de rebondir l'une contre l'autre et de les envoyer bouler pêle-mêle face contre terre. Les trois jeunes filles sont pétrifiées, en arrêt devant un monstre s'avançant à quatre pattes depuis la galerie de gauche. Faiblement éclairé, fluorescent et se balançant d'un côté à l'autre, il pousse des soufflements, borborygmes et onomatopées incompréhensibles. Borgo se rend compte immédiatement de quoi il s'agit et part d'un éclat de rire tonitruant qui, s'il ne rassure pas tout le monde, fait baisser la pression d'un cran. Le monstre est maintenant tout proche, quasiment nue, en bikini rose fluorescent assorti à des chaussures à talon aiguille, c'est Sonja qui les rejoint par les voies souterraines comme elle l'avait promis. Elle se penche pour ne pas abîmer le costume qu'elle a enfilé directement sur sa peau. Un bijou de plus d'un mètre de long qui met en valeur son anatomie sans en masquer la moindre parcelle. Une sorte de colonne vertébrale bis en silicone avec des excroissances polymorphes, réagissant à la lumière noire. Ainsi habillée, elle devient un animal sexué, fille naturelle d'une branche de corail et d'un cactus à la chevelure hirsute. L'objet se fixe autour du cou et de la taille, il lui dessine une silhouette squelettique de fée préhistorique et fantasmagorique. Chaque vertèbre darde deux ou trois antennes de texture souple ondulant au gré de ses déplacements. Elle se dirige lestement vers Borgo, bouche bée, prêt à s'extasier et, dans un feulement rauque, laisse tomber ces quelques mots « tais-toi et attache-moi ce collier dans le dos ». Il s'exécute, la gorge et la langue sèche alors qu'elle lacère le cuir de son pantalon de ses longs ongles vernis. Chaud devant… Tout le monde n'a pas bien vu et compris, le manque de place et de lumière a conservé un certain mystère autour de cette rencontre mais, comme promis, au bout de quelques minutes ils se retrouvent avec soulagement au pied de l'escalier menant à la chaufferie. Les quinze marches sont escaladées quatre à quatre, tout le monde admire

Sonja, première surprise de la soirée suivie de la première pose photo : une bande de cinglés devant le gigantisme des chaudières, ça ne se rate pas mais il vaut mieux ne pas traîner, ils pourraient se faire voir de l'extérieur et ce n'est pas le moment. La porte du fond, l'escalier qui descend, et ils se réunissent devant le fameux tableau de commande. Deuxième pose pour les photographes. Chacun commente les cadrans, vérifie la température des bassins, puis le couloir et tous ses tuyaux les emmènent à la forge. Troisième pose photo et troisième surprise, Lucie en matrone forgeronne priapique assistée de Sonja soufflette le foyer de ses arêtes vives, c'est un cliché qui ne peut pas passer inaperçu. Ébloui par les flashes, l'escalier de fer leur propose son ascension et les dépose aussitôt dans la lingerie. Quatrième série de photos et non la moindre. Les deux immenses machines à laver sont de vrais monstres, on n'ose pas imaginer le ronflement des moteurs malaxant une tonne de linge par fournée mais ils en profitent pour prendre des photos du groupe tant que les têtes sont sur les épaules et les costumes encore en place. Ils se rassemblent, se comptent, personne n'a été dévoré par les petites bêtes. Les grands derrière, les petits devant, il n'y a pas moyen de ranger cette bande de zoulous dans un ordre décent, ils se sont vautrés dans les piles de linge. Bridge a chopé les roubignoles de Laurent qui se rattrape aux seins de Marie-Do pendant que Jojo essaye de caresser la poitrine de Roxane allongée entre les jambes d'Agrippine. C'est le boxon, ils sont en train de sauter dans le linge à repasser comme des gosses sur leur lit, les serviettes volent comme des plumes, ça vire à la bataille de polochons sans polochons, le spectacle est dans la salle. Deux photographes sur trois ne tiennent leur appareil que d'une main, de l'autre ils essayent de tirer leur épingle d'un jeu auquel ils voudraient bien aussi participer. Gus se colle derrière le pied de son Canon, fait la mise au point et shoote au moteur, les trente six-poses du film passent en moins de deux minutes. La prise sur le vif dans le feu de la bousculade, c'est la meilleure façon de fixer les fous rires, les poses zarbies, les acrobaties futiles. Il est urgent de libérer toute cette énergie et de la sublimer par le baptême, c'est-à-dire les jeter tous à l'eau.

Le franchissement de la porte d'accès au grand bassin pose problème. Elle est verrouillée d'une serrure de sûreté, il faut donc passer par l'œil-de-bœuf comme Borgo l'avait pressenti. Maric, le bookmaker, prend les choses en main, pousse un rack de linge, se hisse en équilibre instable sur les ballots et manipule les quatre loqueteaux qui maintiennent l'oculus. Ils tournent sans se faire prier et la fenêtre lui choit dans les bras. La difficulté n'est pas de passer à travers l'orifice mais de se réceptionner de l'autre côté sans tomber et s'écraser la tête première sur le carrelage. Soit il faut passer les jambes en premier pour se réceptionner sur les pieds, soit il faut passer la tête, les épaules, faire un rétablissement acrobatique, tenter de se récupérer sans se faire mal et les costumes ne vont pas simplifier l'acrobatie. Soit, et la solution vient encore une fois des grands, Deutsch-Marc et Maric, en éclaireurs, aident les autres à passer en les rattrapant du mieux qu'ils peuvent. C'est cool, ils envoient d'abord les trois musicos et leur matos. Mô a fait passer une rallonge électrique branchée dans la buanderie et installe immédiatement son ampli. Jack enfile sans attendre les bretelles de son accordéon et s'affole sur les claviers, ça sonne magnifiquement bien, le son prend de l'ampleur et de la résonance, l'eau se révèle un merveilleux support acoustique. Gus fait sonner son saxo et les trois grâces du sultan aspirées par une demi-douzaine de mains, hissées à bout de bras, poussées, tirées, palpées arrivent sur la scène aquatique comme la mise bas d'une portée de lapines. Elles encerclent l'accordéoniste, se pressent et s'empressent, tentant et réussissant à lui faire perdre la mesure. C'est un émotif ce garçon, bon musicien mais incapable de jouer juste avec une main dans le slip, surtout quand elle n'est pas à lui.

Quand les vingt festoyantes et festoyants se trouvent regroupés, les musiciens font une pause. Ils prennent doucement la mesure et l'ampleur du lieu qu'ils viennent de profaner. Une vingtaine de vitraux ornent le fond côté rue Prechter, ils démarrent à un peu plus de deux mètres du sol sur un mur serti de douches à la tuyauterie et aux robinets de cuivre impeccablement astiqués. Si on devait en comparer l'architecture à un temple, ce qui n'est pas si éloigné de la vérité, les robinets seraient dans le chœur, le bassin formant la nef. À l'exact emplacement qu'un autel occuperait, en plein centre, trône une vasque surmontée d'une demi-coupole et soutenue par deux fois deux colonnes. Quand Borgo plaisantait en parlant de baptême tout à l'heure, il ne pensait pas être si près de cette image. Un mur galbé descend en pente douce de la vasque jusqu'aux deux escaliers d'accès à l'eau, des œufs d'autruche sculptés dans le marbre le fixent solidement dans ce décor de bain romain. Le long des bassins : des cabines de bois pour se changer et quand on lève le regard un balcon fait le tour de la salle sous une voûte arrondie. Il n'y a aucun doute, cet endroit dépasse tous leurs espoirs et leurs délires de grandeur. Rompant le silence, Mô s'empare du micro et entonne solennellement *The Joker* de Steeve Miller, *Some people call me the space cowboy,* pour certains je suis le cow-boy de l'espace, *yeah – Some call me the gangster of love,* d'autres me nomment le gangster de l'amour. C'est le signal de la débandade, Bridge quitte sa robe et madame Elvis s'offre en sacrifice, nue, allongée dans la vasque, les jambes animées des mouvements harmonieux du flamant rose en pleine parade nuptiale. Jojo fait péter le champagne et le lui verse sur la poitrine, le breuvage des dieux coule et pétille entre ses seins, cherchant un chemin pour venir remplir son nombril jusqu'à ce qu'il déborde et continue à couler sur le ventre pour finalement se glisser entre ses cuisses. Voyant ça Jack pose son accordéon et se précipite pour déguster le champagne à la fontaine de Vénus. Un baptême à l'américaine dans une baignoire de marbre ! Tout le monde fait cercle et entonne la fameuse chanson « et glou et glou et glou… iiiiil est des nôôtres ! ». Au tour de Borgo qui veut aussi goûter, puis de Lucie qui ne veut pas être en reste alors que Roxane remplace Bridge dans la vasque et que Deutsch-Marc opère un détournement du Champagne, asséchant goulument la source au niveau des seins. Il commence à ne plus y en avoir assez pour tout le monde et l'un après l'autre, dans la bousculade, se retrouve précipité dans l'eau à asperger le groupe de fins buveurs. En moins de deux minutes ils sont tous au bac, tapant en chœur du plat de la main sur la surface de l'eau. Mô se saisit du prétexte et improvise un solo de batterie, splatchant et battant le rythme pour bientôt se faire imiter par un, puis deux. Bientôt tous suivent le batteur sauf Gus qui entonne la suite du *Joker : Cause I'm a picker* – parce que je suis un opportuniste – *I'm a grinner* – un optimiste – *I'm a lover* – un amant – *And I'm a sinner* – et un pêcheur – *I play my music in the sun* – je joue ma musique sous le soleil, l'accompagnement sonore aux aquatic-drums est maintenant relayé par Deutsch-Marc : Herta et ses deux amies ont adopté une pose yoga inversée, couchées sur le dos, les deux genoux contre le front, cul en l'air qu'il frappe en mesure comme des tambours tandis que Maric s'essaie à des touchés-frottés dont l'efficacité musicale semble avoir cédé le pas à une approche plus tactile de sculpteur modeleur. Gus en véritable pro ne se laisse pas distraire : *I'm a joker* – je suis un blagueur – *I'm a smoker* – un fumeur – *I'm a midnight toker* – un oiseau de nuit – *I get my lovin' on the run* – je trouve l'amour sur ma route, *wooo ooo, woo oooo*... Quand la chanson se termine sous les sifflets et les applaudissements, les filles se précipitent sur lui, le dessapent et le couvrent de rouge à lèvres baiser dans le cou, sur la bouche, partout et sur tout le corps sans qu'un centimètre carré de peau ne semble devoir rester nu. Le pauvre, le chanceux, le vernis. Roxane et Agrippine réservent le même sort à Maric, le sculpteur-batteur. Des lèvres « rouge teinte unique » s'écrasent, larges et sensuelles, dans le creux de ses reins, celles « rouge infaillible » d'Agrippine, plus fines et plus agiles, le ciblent dans ses retranchements secrets, Sonja vient lui prêter main forte et lui marque les orphelines au « fer rouge » tandis que Lucie maquillée de « rouge caresse » se lance dans des tests de comestibilité audacieux. Maric se met à penser furieusement à son inspecteur des impôts pour ne pas perdre contenance trop rapidement tandis que Mô, déshabillé à son tour, croule sous les lèvres roses Ispahan, fuschia ou petit mauve, les rouges coquelicot, grenadine et capucine. Francine sort alors sa botte secrète, se farde les lèvres de la dernière tendance « nuit bleue », s'emploie à le faire rougir comme une écrevisse, lui passe la truite au bleu jusqu'à ce que Mô ré-entonne le refrain à tue tête « wooo ooo, wooo ooo »... Pour l'achever définitivement, Marie-Do entre dans la danse et à peine l'a-t-elle frôlé de ses plumes d'autruche qu'elle provoque une explosion onirique, libérant une tripotée d'acrobates en devenir. Saltos, plongeons retournés, vrilles et voltiges, sauts renversés, carpés avant, carpés groupés, carpe diem. Mô attrape une bouteille de champagne par le goulot, s'en asperge le visage, s'en biture les neurones, il éternue des bulles et s'exténue de plaisir sans modération.

Il est enfin minuit, l'heure du strip-tease tant promis. Borgo règle l'éclairage, Gus accorde les instruments, tous s'asseillent en rond et Francine qui s'était éclipsée au premier étage fait sensation en descendant la rampe du colimaçon éclairée par la seule lumière noire d'un spot. Filante comme une étoile, elle se reçoit en roulé boulé, enchaînant un saut de l'ange au-dessus d'un brasier de flammes blanches : les arêtes dorsales phosphorescentes d'une Sonja improvisant une danse du dos totalement onirique, féerique et furieusement zygomatique. Son costume prend toute sa dimension sous cet éclairage de boîte de nuit et sur ce corps aux tremblements fiévreux gravement contagieux. C'est très visuel, c'est très sexuel, la lutte d'une chatte tigresse avec une créature de feu à la congruence des arts martiaux et de la danse du ventre, un spectacle total auquel les trois amies allemandes joignent le glamour de leurs voiles conférant à l'ambiance le parfum délétère d'une Salomé s'apprêtant à demander la tête de saint Jean. Bridge s'empare alors du micro et entonne de sa voix au grain si particulier « sous le voile tu me verras comme tu le désires, esclave ou princesse choisis tes sentiments ». Un amour sorcier que Deutsch-Marc propose immédiatement d'incarner et de dompter. Placé en ligne de mire de la colonne vertébrale phosphorescente il entreprend d'en vérifier la souplesse d'une ardente et victorieuse chevauchée ! Ça ne rigole pas ça danse, ça n'ondule pas ça déferle, ça ne crie pas ça hurle aux loups ! Le spectacle est dantesque, l'enthousiasme communicatif et dans l'instant les abords de la piscine se transforment en lupanar. Les trois musiciens donnent de la voix au maximum, les spots vert et rouge clignotent, dessinant en ombres chinoises les accouplements les plus improbables sur le carrelage des murs. Une chaîne se forme dans laquelle il vaut mieux tenir la dernière place et surtout ne pas se retrouver devant l'excroissance démesurée de Lucie. La femme qui mangeait les hommes n'est pas une légende, elle se nourrit de garsd'zardec, et ce soir son appétit est à la hauteur des festivités : énaurme. Laurent, Christophe, Jean et JM s'en saisissent à bras le corps. Tandis que chacun d'eux lui attrape un membre, Lucie se trouve suspendue en lévitation, maintenue et balancée en rythme par quatre paires de bras costauds. Borgo s'immisce et improvise une ardente et fougueuse danse du feu follet. Les mains au ciel, le corps en transe, alternant les touchettes frémissantes et les envolées lyriques, passant de l'effleurement à la profonde inspiration, il déploie toutes les finesses de son art d'amant et lui arrache trois jouissances successives et tonitruantes. Le temple résonne d'échos, les chanteurs s'inclinent, le plafond vibre, Puccini et Verdi délaissant Mimi et Violetta, une soprano lyrique est née, Lucie devient Lucrèce et envoûte la cour de son pouvoir.

Émus par les ombres en dessins animés qu'a projetées la scène, les photographes organisent alors une grande séance de prises de vues avec contre-champs et éclairage latéral. Les poses sont savamment organisées pour créer le tableau géant d'une incroyable orgie en ombres chinoises. Les corps sont réinventés dans des proportions burlesques, membrés de chibres géants à tentacules multiples, affligés de bustes du double de leurs dimensions habituelles, des poses acrobatiques impossibles à tenir semblent en lévitation par la résultante des projections et la complicité des éclairages savamment réglés. Des monstres mi-animal, mi-végétal copulent en de chimériques accouplements, résurgence des contes et légendes d'un temps perdu où la croyance populaire créait ce qu'imagination et vérité mêlaient en d'incroyables histoires. Les costumes projettent leurs piques et leurs plumes en bosquets arborescents abritant tantôt un satire à queue fourchue ou une bande de nymphes sortant de la rivière. Il n'y a pas de limite à leur imagination, l'instant est une parenthèse hors du temps ou la fête se transforme en acte de création pure avec comme seules traces tangibles les photos et une mémoire collective légèrement embuée par l'alcool. L'ambiance est devenue électrique, plongée dans cette énergie qui fait les grandes soirées et les grandes œuvres. Au petit jour le groupe travaille encore à la composition d'images et les premières lueurs les rappellent à leur appartenance terrestre. Il faut replier le matériel et filer en hâte avant que l'équipe du matin ne les découvre. Branle-bas de combat, chacun rassemble ses esprits et son matériel. Il est impossible d'effacer toutes les traces, la fête fut totale et les lieux s'en rappelleront malgré tous leurs efforts pour en effacer les stigmates. Heureusement ils n'ont rien cassé, l'œil-de-bœuf égrène l'un après l'autre comme un chapelet les fêtards usés jusqu'à la corde, ils atterrissent dans le tas de linge et reprennent le souterrain en une procession carnavalesque, mille-pattes coloré et clopinant, dansant en sarabande la fin d'une nuit mémorable. Mettant une sourdine à leurs rires et composant au plus juste pour s'extirper des entrailles de la piscine et des Arts déco, ils se séparent à l'aube sans se faire remarquer.

Chapitre 17

Mardi matin, huit heures, il est un peu tôt mais Cédric Mann veut absolument avoir le cœur net sur sa découverte de la veille au soir, il fait sonner le téléphone à Marseille. Miko est à son poste, lui aussi il a du travail pour deux.

— M'sieur l'inspecteur général, content de vous entendre. Dites voir, ça d'vrait bien s'passer pour vous en Alsace. J'ai appris sous l'manteau que Ponia est notre nouveau minisse de l'intérieur. Arrêtez-moi si j'me trompe, il n'aurait pas été chef du cabinet de Pflimlin, votre maire, du temps où il était président du Conseil ?

— Mon cher Miko, vous m'en bouchez un coin, j'ignorais cela et je vais me renseigner. Mais je vous rappelle que je suis en train d'enquêter dans une affaire délicate. Il y a une chose qui me tracasse, Estelle a fait des photos de son escapade marseillaise, je les ai développées cette nuit et ai découvert un détail troublant. Le logo marqué à la bombe et au pochoir sur le monument aux morts du jardin de l'école des Arts décoratifs figure également sur la palissade de l'atelier de Bakhof, le sculpteur que vous avez visité avec Estelle. Même couleur, même motif et je dirais certainement même pochoir.

— Effectivement c'est troublant, à quoi ressemble-t-il ?

— On dirait des caractères chinois et pourtant bien de chez nous. C'est un peu comme le logo *peace and love* mais retourné. Un Y dans un rond avec des lettres qui en font le tour, c'est difficile à lire, mais il pourrait bien s'agir d'un T, d'un P et d'un B.

— Nom d'une pipe, la *Triade du Papier Blanc* ! On est sur leur dos depuis qu'ils ont abattu un homme en pleine rue la semaine dernière. C'est un organisme mafieux qui trempe dans la prostitution et la fausse monnaie. Ils sont très puissants, ce logo est leur façon de marquer leur territoire et quand les bandes rivales l'aperçoivent, en principe ils n'insistent pas, c'est trop dangereux. Comment avez-vous pu voir ça sur une photo alors que j'y suis allé et suis passé à côté sans le remarquer ?

— Ça, c'est la magie de la photo. J'avais confié mon appareil à Estelle pour pouvoir observer les lieux d'un autre point de vue. Je suis vraiment tombé dessus par hasard, c'est tellement petit, en fait c'est mon épouse qui m'a demandé ce que signifiait cette image.

— C'est sans doute pour ça que je l'ai raté, mais tout de même je m'en veux. J'aurais dû le voir, il faut dire que ces planches sont vraiment couvertes de graffitis. L'art et moi vous savez...

— Qu'est-ce que vous racontez ? Méfiez-vous de ne pas abuser du pastis Miko, ça vous détruit les cellules du cerveau comme des glaçons au soleil. Un beau matin on se réveille et on est con, c'est ballot !

— Oh hé, z'avez rien à nous envier avec vot'p'tit con.

— Picon, Miko, Picon, faut pas confondre. Un apéro sans Picon c'est comme une partie de pétanque sans pastaga. Enfin, le principal est qu'on ait trouvé à qui appartient ce logo. J'espère que ça va nous faire avancer tous les deux, à moins que nos deux affaires aient un lien ? Ça serait une surprise, peut-être devriez-vous creuser cette piste. En tout cas merci, passez une belle journée, vous m'avez bien aidé.

Il a à peine raccroché que l'inspecteur Mathieu s'adresse à lui.

— Monsieur l'inspecteur, nous venons de recevoir une plainte de la directrice des Bains municipaux, boulevard de la Victoire. Son établissement a été visité cette nuit. Il y aurait des dégâts, des bouteilles de champagne flottent dans la piscine et le linge de la maison a été saccagé.

— Ça m'a tout l'air d'être l'affaire du siècle, j'ai d'autres chats à fouetter… Voyez de quoi il s'agit, prenez Vincent avec vous et réglez cette histoire, je dois rester concentré sur cette affaire de meurtre. On avance doucement, trop doucement.

— Estelle, voyez avec les RG ce que vous pouvez trouver sur la *Triade du Papier Blanc*. Est-ce qu'il y aurait des connexions entre Strasbourg et Marseille ? Je vais nous faire un café pendant ce temps.

Les renseignements parviennent rapidement, la *Triade du Papier Blanc* a des ramifications partout dans le monde de la nuit. L'EEG à Strasbourg, une boîte de nuit fichée par les Renseignements Généraux, semble bien faire partie de cette mouvance. Des filles ont circulé d'un bar à l'autre, mais rien de sérieux ne peut être retenu contre eux. Cédric amène son café à Estelle, ils piétinent, rien à se mettre sous la dent et maintenant la piscine qui se fait cambrioler, comme si on avait que ça à faire. Estelle tique à l'évocation de la piscine.

— Dites-voir, inspecteur, vous savez que la piscine et les Arts déco sont quasiment l'un à côté de l'autre ?

— Tiens, c'est vrai et ça m'avait échappé, je me demande si on ne devrait pas aller y faire un tour. Au point où en en est, on n'a plus rien à perdre. C'est infernal cette affaire, plus on avance, plus on recule. Tous les jours, une nouvelle info nous balade à l'opposé de la précédente. J'en ai marre, j'en ai plus que marre et d'ici la fin de matinée, par-dessus le marché je vais avoir la proc sur le dos. Estelle, prenez le volant, j'en profiterai pour charger un nouveau film dans mon appareil photo.

En dix minutes ils ont rejoint les deux jeunes enquêteurs. Cédric les laisse travailler et se contente d'écouter et d'ouvrir grand les yeux. La directrice de l'établissement leur a fait un résumé. Encore une affaire incompréhensible. Du monde s'est introduit dans le grand bassin alors que tout est fermé à clé, il n'y a pas effraction.

— Mais comment êtes-vous sûre qu'ils sont entrés ? demande Mathieu.

— Le personnel d'entretien a trouvé des bouteilles de champagne flottant à la surface de l'eau. En plus ils ont mis un bazar pas possible dans la lingerie.

— Montrez-nous la lingerie, demande Vincent.

La directrice les y conduit. Toutes les portes qui arrivent où partent de la lingerie sont verrouillées hormis l'escalier qui vient de la forge. Il n'y a pas moyen d'avancer davantage, un vrai cul-de-sac. Les deux enquêteurs ne mettent pas longtemps à trouver la faille par l'œil de bœuf et le testent pour s'en assurer.

— Voilà par où ils sont passés. Maintenant, il faut trouver d'où ils venaient.

On les conduit à la chaufferie.

— Voyez, les portes donnant sur la cour sont fermées et barricadées de l'intérieur. Il n'y a pas un carreau de brisé.

Cédric se promène et furette, il contourne le tas de charbon et aperçoit le petit escalier qui descend jusqu'à la porte en fer.

— Qu'est-ce que c'est que cet escalier ?

— C'est le conduit pour l'entretien de la station de chauffage des Arts décoratifs, une cave, un trou plein d'araignées, on y passe une fois tous les six mois pour vérifier le bon état des conduites.

— Eh bien, on va rendre visite aux araignées. À mon avis vos visiteurs de cette nuit sont des étudiants qui ont fait la bringue, on va tirer ça au clair. Vincent, est-ce que vous avez des torches dans la voiture ?

— Pas de problème, je vous ramène ça.

La directrice les laisse s'enfoncer dans le sol. Toujours très élégante elle n'est pas vraiment habillée et surtout pas chaussée pour ça. Les flics se glissent dans le passage. Cédric, ses deux hommes et Estelle ont en file indienne quelque chose de processionnaire. Leur démarche courbée dans l'étroit conduit les assimile plus à des malfrats qu'à des gendarmes, le souterrain a cette particularité de clore les conversations. On ne peut pas dire qu'ils sont impressionnés ou angoissés, mais tout de même c'est une descente vers l'inconnu, ils observent et se tiennent sur leurs gardes. En quelques dizaines de mètres ils arrivent à une intersection et se séparent en deux groupes. Cédric et Estelle vont à gauche, Vincent et Mathieu à droite. Cédric au bout de dix mètres se trouve dans un couloir ouvrant sur deux nouveaux conduits. C'est une surprise, voilà que la cave se transforme en réseau de galeries, il repense à sa conversation avec Miko. Et si les deux affaires étaient liées ? Le contexte prend une tournure nouvelle, le meurtre et les souterrains sont des ingrédients qui vont bien ensemble.

La chose devient délicate. Cédric sait très bien qu'il se trouve sous le bordel de la Moustique, l'autre couloir menant sans doute aux anciens établissements désormais fermés. Il est probable que ces galeries aient été conçues pour permettre aux filles de se débiner en cas de rafle de la police. Petite pensée pour les collègues d'antan qui ont dû faire chou blanc plus d'une fois sans comprendre le pourquoi du comment. Ils avancent dans le second couloir et parviennent à une échelle escaladant un tuyau montant vers la surface. Les marches n'ont pas cet air abandonné de poussière de siècle et de craquelures rouillées antédiluviennes. Le passage semble servir régulièrement. Il se hisse, la lampe coincée entre les dents, escalade les barreaux jusqu'à une trappe. Un bruit régulier de moteur devient perceptible. Cédric tend l'oreille et tique, il tente un visu et soulève précautionneusement la trappe. C'est bien ce qu'il avait cru comprendre, le moteur n'est autre que le ronflement tonitruant d'un homme endormi.

Il est allongé tout habillé sur un matelas. Couché sur le côté, le visage à demi écrasé par le poids du sommeil, Cédric le reconnaît pourtant tout de suite. C'est le sculpteur, il ressemble trait pour trait à son frère jumeau. Il pousse alors brutalement la trappe, elle tombe sèchement sur le sol et l'homme se réveille en poussant un cri. Trop tard, Cédric est sur lui en train de lui passer les menottes.

— Estelle, je vous dois un repas au restaurant, grâce à vous on va enfin y voir plus clair, ce n'est pas trop tôt et je crois que notre enquête est sur le point de se terminer.

Il prend alors le temps de souffler quelques secondes, cherche un interrupteur et finit par le trouver, la lumière ça aide pour y voir plus clair, il n'y a pas de doute. Ils sont dans une cave, mais aussi dans un atelier, un atelier rempli de machines : une presse typographique, un massicot, une insoleuse pour graver des plaques, des bidons d'encre et de diluant, des poubelles remplies de chiffons maculés, des rames de papier et un séchoir pour disposer les feuilles tout juste sorties de machine. Pour être précis ils sont dans une imprimerie. Et quand il commence à regarder de plus près, Cédric ressent une fibrillation dans les côtes, un passage à blanc. Pas long, mais tout de même, pendant un instant sa vue s'assombrit et ses oreilles bourdonnent : il y a des piles de Racine sous ses yeux, des piles de billets de cinquante francs à l'effigie du grand dramaturge et courtisan de Louis XIV. Comme ça, sans prévenir, on cherche des gosses qui ont fait du tapage et on se retrouve en plein gang de faux-monnayeurs. Beau cadeau pour la proc, elle va faire la une des journaux, elle qui voulait faire bonne figure devant le nouveau ministre de l'Intérieur. En voilà une et un qui vont être satisfaits.

En une demi-heure le quartier est en état de siège. Les CRS bouclent le périmètre jusqu'au quai, les filles sont emmenées au central, les bistrots et leurs clients n'ont plus le droit de quitter leur place, un hélicoptère de la télé couvre la zone et nos vingt fêtards se réveillent en sursaut avec une gueule de bois et un très, très, très gros nœud dans l'estomac.

— Ça recommence, on s'est fait donner ! Ce n'est pas possible, personne ne nous a vus.

— Borgo prend son téléphone et appelle Maric.

— Tu te rends compte, ils nous cherchent avec des hélicos ! Ils sont malades ces flics !

Maric reste interdit pendant un moment, il faut laisser aux vapeurs de la nuit le temps de se dissiper jusqu'à ce qu'ils comprennent qu'ils ne sont pour rien dans ce déploiement. Mais alors qu'est-ce qu'ils peuvent bien chercher ?

Pour Cédric, la journée ne fait que commencer, il va falloir dénouer l'écheveau et reconstituer l'histoire, c'est l'épisode le plus intéressant de l'enquête, Cédric aime ça, les morceaux du puzzle vont finir par s'emboîter jusqu'à la dernière pièce.

Chapitre 18

Vingt-trois heures, Cédric est lessivé. Il quitte le bureau et s'arrête dans un petit bistrot d'une vingtaine de couverts à peine. À cette heure-là, seuls les proches peuvent encore entrer à condition de connaître la porte arrière. Paulo, le cuistot, l'accueille à bras ouverts.

— Cédric, je t'attendais. Avec tout ce qu'on a entendu à la radio je me doutais que tu passerais encore avant de rentrer. Assieds-toi, je lâche les fauves et on va se faire un petit whisky. Paulo entrouvre la porte de l'office et trois tortues s'invitent dans la salle. Tous les soirs, après le dernier client, elles font la chasse aux blattes pendant qu'il fait la fermeture. C'est déconcertant et reposant à la fois. Chaque tortue a son nom, Ninja, E.T. et Schwartzy mais comme il ne sait pas les différencier et qu'elles ne répondent jamais, il leur parle tout seul, sauf ce soir.

Cédric observe les bestiaux, pensif,

— Tu sais que ces saletés de blattes se bouffent entre elles.

— Oui mais elles ne bouffent que les cadavres. Par contre mes tortues sont comme leur papa, il leur faut du frais et du vivant. C'est pour ça que je les lâche, elles se régalent et moi, ça m'arrange bien.

— Je vais te dire Paulo, ce soir je me désespère de nos congénères. Pendant quatre jours j'ai couru après un type et quand je l'ai enfin retrouvé il était mort.

— Pourtant c'est pas ce qu'on a entendu aux infos.

— Et pourtant, j'avais un cadavre et un fugitif. Ce matin le labo avait terminé ses analyses et il a rendu les affaires du cadavre à la veuve, c'est la procédure. Voilà qu'elle m'appelle et me fait tout un cinéma, les affaires ne sont pas celles de son mari. Comme l'autre était son frère jumeau et qu'après une autopsie on n'en montre le moins possible aux familles, elle l'a identifié sur sa bouille. Mais entre du vif et du faisandé, les traits se ratatinent, ce n'est de toute façon plus la même chose. Alors elle l'a identifié, et pourtant ce n'était pas lui. Voilà comment mon mort a ressuscité et mon fugitif a clapoté du bec.

— Quelle histoire.

— Attends, tu ne sais pas tout. Claude, le concierge, avait embauché son frère, un super dessinateur, pour lui graver des faux talbins de cinquante balles. La semaine dernière, il lui a ramené les plaques pour les imprimer, du travail de pro. Le problème c'est qu'il est devenu trop gourmand tout d'un coup, il a demandé à partager le profit à cinquante cinquante, ce qui n'était pas prévu. Alors ils se sont fritês gravement et Claude l'a refroidi d'une balle dans le dos. Après il s'est enfermé dans son atelier, une imprimerie planquée dans les caves d'un ancien bordel, auquel on ne peut accéder que par un souterrain.

Elle a été murée de l'autre côté, ils ont carrément monté un mur dans la cave, c'est totalement invisible. Comme Claude savait qu'on finirait par le trouver si il ne se cachait pas, il a voulu imprimer un max de billets avant de se tirer à l'autre bout du monde où la *Triade du Papier Blanc* l'aurait planqué. Il avait stocké des provisions lui permettant de tenir au moins trois semaines sans mettre le nez dehors.

— Mais alors comment tu as fait pour le pincer ?

— Un coup de bol monstrueux. Imagine qu'une bande d'étudiants des Arts déco ont découvert le réseau de souterrains qui relie leur école aux Bains municipaux, ils ont fait une fête du tonnerre à la piscine. Évidemment ça a laissé des traces et le lendemain on nous a appelés, ils ne comprenaient pas d'où pouvaient bien venir les cadavres de bouteilles de champagne flottant dans leur bassin pourtant fermé à clé, verrouillé, cadenassé. C'était un mystère, aucune effraction et pourtant ils avaient laissé un sacré foin. Sans ces potaches, je serais encore dans le caca, c'est en faisant leur chemin à l'envers qu'on a découvert l'imprimerie de faux billets accessible uniquement à partir des souterrains et particulièrement depuis les Arts décoratifs. Je leur dois une fière chandelle.

Paulo ressert une larme de whisky, c'est l'heure du dernier bulletin d'information, le meurtre est évidemment à la une. Le journaliste a fait fort, il démarre son papier avec un titre audacieux et enchaîne sur sa lancée dans une envolée lyrique : « de morgue en tôle ! un beau titre de roman policier ! C'est certainement ce que se dit ce soir Éric Mann, le policier qui aujourd'hui a brillamment dénoué une affaire complexe mêlant meurtre et fausse monnaie. Le concierge de l'école d'art qu'on croyait mort a troqué ses quatre planches de sapin contre quatre murs en tôle, et maintenant qu'il est ressuscité, il risque la peine de mort. Une victime devenue assassin, voilà de quoi nous faire réfléchir sur la finalité des hommes et leur turpitude ». Jérôme de Karibancille à Strasbourg pour France-Inter.

les enquêtes rhénanes

Des romans policiers au format de poche

Dans la même collection :

1 – **Jacques Fortier** *Sherlock Holmes et le Mystère du Haut-Koenigsbourg*
2 – **Grégoire Gauchet** *Meurtres bio au château*
3 – **Pierre Marchant** *Le Pays des cendres*
4 – **Christine Muller** *Les Aventures alsaciennes de Sherlock Holmes*
5 – **Bernard Fischbach** *Le Venin du mort*
6 – **Jacques Fortier** *Quinze jours en rouge*
7 – **Claude Peitz** *L'Assassin des deux rives*
8 – **Bernard Nuss** *Série noire à l'abattoir*
9 – **Joël Henry** *Pêche mortelle à Strasbourg*
10 – **Grégoire Gauchet** *L'Avalanche*
11 – **Arnault Pfersdorff** *La Femme sans ombre*
12 – **François Hoff** *Les Mystères de Strasbourg*
13 – **Jacques Fortier** *Dessine-moi un loup*
14 – **Pierre Kretz** *Le Disparu de la route des vins*
15 – **Bernard Nuss** *Strasbourg city blues*
16 – **Claudio Ponté** *L'Homme de Fessenheim*
17 – **Franklyn Pell** *La Colline du Pendu*
18 – **Claude Peitz** *Les Amants du lac Vert*
19 – **Max Genève** *Le Détective*
20 – **Sylvie de Mathuisieulx** *La part d'ombre des Lumières*
21 – **Jacques Fortier** *Chapitre fatal à la cathédrale*
22 – **Annette Fern** *Fais ta prière, Shimon Lévy*
23 – **Joël Henry** *Gangsters et grand hamster*
24 – **Emmanuel Honegger** *Meurtre aux Arts déco*

Et en bande dessinée :

Roger Seiter & Giuseppe Manunta
Sherlock Holmes et le Mystère du Haut-Koenigsbourg,
d'après le roman de Jacques Fortier,
et *Sherlock Holmes - Retrouvailles à Strasbourg*

Ouvrage réalisé sur des papiers issus de forêts gérées durablement.

Première édition

—

Achevé d'imprimer en novembre 2015
par Sepec à Péronnas (France) - 10503151002
Dépôt légal 4e trimestre 2015
ISBN 978-2-84574-192-8

—

Composé en *Arno Pro* par Le Verger Éditeur
Couverture de Vlou – www.vlou.net

Le Verger Éditeur – 67140 Barr – France

—